フラグを折ったら溺愛されました

登場人物紹介
characters
セルネスド・ゼロ
隣国のゼロ国の王様。番を持つという獣人の血を引いており、見た目は若いが、実は60歳を超えている。
フィリシーナ・テリジア
乙女ゲームの悪役令嬢に転生した少女。踊ることが大好き。このままだと婚約破棄されて死亡エンドを迎えてしまうと思い出し、慌てて隣国へ留学したけれど——!?

ローゼ・ソムファ
フィリシーナの叔母。サン国のソムファ侯爵夫人。フィリシーナを優しく導く。
ユエン・サン
サン王国の王位継承順位第一位の王子。フィリシーナの婚約者。
ルルア・レーゾン
レーゾン家の侯爵家令嬢。黒髪に桃色の瞳を持つ愛らしい少女。
ジェシン・ソムファ
フィリシーナの従兄。中性的な外見と口調で面倒見がよい。
ニュミニーナ
フィリシーナの舞踊の先生。凛とした美人で姉御肌。元公爵家の令嬢だが……

プロローグ

私が幼い頃から母は恐怖の対象だった。

母は自分の思い通りに事が進まないとすぐに癇癪《かんしゃく》を起こす。そんな母から逃げることも抵抗することもできなかった。

「フィリシーナ。いいこと、テリジア公爵家に生まれたからには、何としてでも王子の婚約者になるのよ」

母の最大の願いであった、この国、サン王国王子との婚約。私に選択肢はなかった。母の願いを叶えるために結ばれたと言ってもいい。婚約を結んでからも不安が絶えなかった。その座を誰かに奪われないように常に周りを牽制し、王子に少しでも興味を持ってもらおうと努力を続けた。王子の顔色を窺《うかが》いながら、結局いつも気にするのは母の反応だった。

そんな日々を過ごしていた――

◇　◆　◇　◆

母が死んだ。

事故だった。そして葬儀が行われた。一連の出来事はあまりにも急だった。

母を見送ったその日の夜。私は一人、部屋でベッドに腰を掛けて感傷に浸っていた。

母が亡くなって悲しいという気持ちがないわけじゃない。ただ、想像以上に安堵したことが複雑だ。

大きな負担が消えて緊張からも解放されたせいか、急に眠くなった――かと思えばそれはひどい頭痛に変わり、声も出せずに私は意識を失った。

◇◆◇◆

一人の少女が、楽しそうに踊っているのが見えた。あれは創作ダンス、だろうか。初めて見るはずなのになぜか彼女の踊りに見覚えがある。一つ一つの動きがしなやかでかつ力強いものを感じる。流れている音楽は、聞いたことがない曲。なのにどこか懐かしい気分になる。見たことない衣装はとても馴染み深い。

一生懸命踊る少女。大学生くらいだろうか。

――いや違う。あれは大学を卒業した後、ある舞台のオーディションの練習風景だ。少女はそのオーディションに賭けていて、努力を重ねてきた。

母と二人暮らしで、いつも舞踊を馬鹿にする母を見返したかった。オーディションも絶対に受からないと言われた。

だからこそどうしても受かりたかった。絶え間なく練習する、その姿を応援したい。けれど、きっと声は届かない。それに、私は知っている。そのオーディションは受けることもできずに、直前に事故で命を落とすのだ。

その瞬間、一気に記憶がよみがえってきた。

目の前にいる少女は自分だ。

もっと早く思い出せたかもしれない。だけど、そんな余裕はどこにもなかった。

やっと思い出せたことが嬉しくて、涙ぐむ。少女は練習を続ける。曲が終わり、少女は立ち止まる。するとこちらを向き、まるで私が見えているように笑った。

「頑張ってね！」

そう、言われた気がした。

何に対してかはわからないが、その言葉を合図に私は再び意識を手放した――

第一章

目を覚ますと、以前とは少し違う不思議な感じがする。見慣れているはずの部屋がすごく豪華なように感じた。前世を思い出したからだろう。

「そういえば、フィリシーナ・テリジアってどこかで聞いたことが……」

記憶を辿《たど》ると、思い当たるものがあった。

「……嘘でしょ」

フィリシーナ・テリジアの名前と容姿は前世で見たことがあった。とある乙女ゲームの悪役令嬢として。

私が大学生の頃、悪役の末路が悲惨すぎると話題になったゲームだった。

もともとそういう類《たぐい》のゲームはしたことがなかったが、話題になったことで興味が湧き、やってみた。プレイした感想としては、本当に悪役の行く末はバッドエンドしかなく、同情するほかなかった。

身分差の恋をテーマにしたよくある乙女ゲームで、ヒロインの伯爵令嬢は王宮勤めをしながら自分より身分の高い攻略対象者達と恋に落ちる。

攻略対象者の一人である王子の婚約者が私――フィリシーナ・テリジアだ。

攻略対象者に関係なく、フィリシーナは悪役に設定されており、ヒロインがどのルートを選んでもフィリシーナは死んでしまう。

ゲーム内のフィリシーナはヒロインに嫌がらせをしたり、無視したりするが、敵役の末路としては過剰だ。そもそもルートによっては出番が少なかったりなかったりするのにひどすぎる。

ネットに出回った話では、製作者達がざまぁ要素が欲しくて無理矢理そうなったのだとか。

一通りプレイして納得したが、今はっきり製作者を恨む。

「なんてもの、作ってくれたのよ……」

ヒロインになりたいわけではないが、よりによって、あのフィリシーナとは。本当に運がない。

途方に暮れている場合じゃない。どうにかしなければ。

数日が経った。母の葬儀から日が経ち、周りも日常に戻りつつあった。

そんななか、とりあえず状況を整理しようと机に向かった。

あの乙女ゲームの舞台はフィリシーナが二十歳のときのものだ。そして、今私は十八歳。まだ開始まで時間がある。

諦める必要はない。できる限りのことをするべきだ。

ゲームとの相違点はあるだろうか。

「確か、ゲームでは王子とフィリシーナの仲は良くなかった」

むしろかなり嫌われていたはずだ。その点は同じだ。

婚約を維持するために、かなりしつこくしたし、面倒な女であった自覚もある。

母や家の名誉のために続けてきたが、その母は亡くなった。

それに名誉を守るためなら、王子と仲むつまじいイメージでないと。

婚約者となったのが九歳の頃だから、もう少しで十年経つ。十年かけて築いた関係を二年で覆《くつがえ》すのは厳しい。

何か案がないかと考え始めたとき、部屋にノック音が響いた。

「失礼いたします」

「え、えぇ」

「おはようございます、お嬢様。もう少しで朝食の用意が整いますので、ご案内いたします」

「わかったわ」

「ではこちらへ」

侍女は終始にこやかに接してくれる。

ゲームをプレイしているときはフィリシーナと家族や使用人達との仲は悪いと思っていたけれど、そんなことはなかった。

フィリシーナはテリジア公爵家が大好きでとても大切にしている。王子の婚約者を続けた理由はそこにもあるだろう。

日頃から周りを気遣い、そして家族や使用人もフィリシーナを大切にしている。

王子との婚約の話が出たとき、父は無理をする必要はないと言ってくれた。婚約してからも皆何度も私のことを案じてくれた。それくらい仲は良好だ。

ゲームのフィリシーナはテリジア公爵家を守るために頑張っていたのかもしれない。頑張りすぎて、演技をやめられなくなって不運な末路を辿《たど》ったのだろう。

そう考えると、今前世を思い出したのは、本当に不幸中の幸いだなと感じる。侍女の背中を見つめながらそう思った。


朝食をすませ、家の書庫へ向かった。

何とか打開策はないか、本から何か得られないかと思い、壁一面に広がる本棚を眺めた。

「何かないかなぁ」

とりあえずこの国、サン国について復習しようと、関連する本に手を伸ばす。

「よいしょ……」

数冊持って、読書スペースへ移動する。

サン国はこの世界では大きくもなく、小さくもない、中規模の国である。

この世界は0《ゼロ》から9《キュウ》までの数字がそのまま国名になっている。何の順番かはよく知らないが、覚えやすい名前だ。サン国と似たような規模の国が多い中、一つだけ別格の国が存在する。

帝国であるゼロ国。

領土の広さも豊かさも違う。ゼロ国はほかの国から頭一つ抜きん出ている。

しかし、ゲームには出てこなかった気がする。隠しキャラでさえサン国の人間で、他国は基本関わりがなかった。

「バッドエンドを回避するには……どうしたらいいかな」

なにも思い浮かばず、ページをめくる。

「……留学制度、か」

サン国には留学制度がある。

貴族の子女を対象にしたものだが、この制度を恐れる者は多い。

理由はただ一つ、留学先がゼロ国だからである。豊かな国ならさまざまなことが学べるのではと思うが、そんなに甘くないのが現実だ。

ゼロ国とサン国では学問も武術も何もかも違う。遥かにゼロ国の方が進んでいる。そして、文化もかなり違う。

例えば音楽。サン国ではバイオリンやピアノなどの優雅なものに人気がある。だが、ゼロ国は全く違うらしい。

貴族の子女がゼロ国に行くと、プライドをへし折られるのだそうで、皆留学したがらない。

国同士の制度なので毎年一人以上は留学しなくてはいけないのだが、いつの間にか立候補者が出なくなったそうで強制的な方法に変わった。王家と公爵家を除いた貴族の子供を候補に、くじ引きする。くじを引くのは毎年留学関係を担当する貴族だが、恨まれやすくこちらもやりたがる者はいない。何ともお粗末なやり方だが、これなら公平ではある。サン国の未来を担う王家や公爵家の子供は除外される。留学とは国にとって重要な人物が行くものであるはずなのだが、この制度では逆なのだ。

「今年ももう少しでくじ引きの季節になるな……」

私は対象者ではないが、貴族の子女にとっては大事な季節。そんなことを考えながら本を閉じた。

サン国については思っていたより知っていたし、覚えていた。

これ以上読んでも仕方がない。ほかの本を広げる。

「あ……ゼロ国についての本がある。まだ本が傷んでないし父様がそろえたのかな。だとしたら意外かも」

公爵家の子女はくじ引きから除外されるので、テリジア家にゼロ国の本があるのは意外である。

「読んでみよ」

好奇心が湧いて本を手に取った。

そういえば、サン国では未知と言われているゼロ国の音楽は、具体的にどんなものなのだろう。本に載ってないか、ペラペラとめくる。

「あ、あった」

そこに書かれたものを目にして、私は手が震えた。

ゼロ国の音楽——

それは、私が前世で親しみ、心の底から愛したものだった。

〝バイオリンやピアノのような優雅な音楽ではなく、思い切り踊るための舞踊曲を中心とした音楽が主流である〟とある。

「本当に……⁉」

前世の光景を思い出す。踊りに全力を注いだ日々。

あまりにもこの世界には似合わなくて、ないと思っていた。

それでも、他国に行けばそれはあるのだ。

「奇跡みたい」

すごく舞い上がっていた。嬉しすぎて何も考えられない。

「とりあえず、落ち着こう」

……一旦冷静にならないと。

でも、これなら納得がいく。サン国のどんなに優れた音楽の才能を持つ者でも、ゼロ国では歯が立たない。

文化が違うのだから仕方ないが、系統の違う文化を一から学ぶのはかなり困難だ。誰も行きたがらないはずだ。私だって前世がない状態でゼロ国に行こうとは到底思わない。でも、今は違う。

もう一度舞踊ができるなら行きたいと強く思う。この状況なら、行きたいと言えば行ける気がする。そして、この制度は今後に利用できる。

サン国のゼロ国への留学制度はとても緩く、期間は決まっていない。これは、〝最低でも一年間学びなさい〟ということなのだが、皆一年学んだら逃げるように帰国する。

これを逆手に取ればゲームの始まる二十歳以降もいられるかもしれない。もしかしたら、ゲームをシナリオ通りに戻そうとする力が発生するかもしれないが、一か八かやってみたい。

命が助かり、自分のやりたいことができるなんて、まさに一石二鳥だ。留学しない手はないだろう。確か、まだ留学者は決まってないはずだ。なら、私がなれる可能性はある。

「そうと決まれば、父様と話し合わなくては……！」

すぐにでも話したいが、父様はとても忙しいということもあり、なかなか話す機会がない。

いつも娘であるわたしを大切にしてくれ、婚約も、辛いならいつでも解消してかまわない、家のことなら気にする必要などないと気遣い続けてくれた。そんな父様だから迷惑掛けたくなくて、平気なように振る舞ってきたが……

もうそんなことを言える状況じゃなくなった。上手く言えるかわからないが、留学について話してみよう。

「今日は家にいるかな」

いつもは王宮で働く父様だが、本当にたまに、家の書斎で仕事をすることがある。

今日には家にいるだろうか、書斎に行くだけ行ってみよう。いなかったら執事のロイに予定を聞こう。

そう考えながら書庫を出て、父様の部屋へ向かった。

コンコンとノックをする。

「誰だい？」

返事があった。父様は部屋にいた。

「フィリシーナです」

「シーナ……入りなさい」

「失礼します」

許可を得て書斎に入る。

父様の書斎に入るのは、すごく久しぶりな気がする。

「とりあえず座りなさい」

「はい」

書斎にあるソファーに腰かける。

父様も、向かいのソファーに座った。

「シーナ。久しぶりだね、元気にしていたかい？」

「はい。私は元気です。父様こそお体は？」

あまり会えないので、体調が心配だ。

前世を思い出してから話し方に違和感があったが、すぐ慣れた。

「はは。僕は大丈夫だよ」

父様はそう言うけれど、少し疲れているように見える。

「そうですか……。無理はなさらないでくださいね」

「無理はしてないよ。……それよりちょうど良かった。シーナに聞きたいことがあるんだ」

「なんでしょう」

「王子との婚約についてだが……どうする？」

どうする、と聞いてくるのはおそらく解消するかということだ。

父様はずっと気に掛けてくれていた。私がこの婚約を望んでなかったのも知っている。止めようとして母と何度も揉めた。結局母が癇癪《かんしゃく》を起こし、説得を断念する父様の姿を幾度となく見て、私は申し訳なく感じていた。

「第一王子であるユエン殿下とは……あまりうまくいってないのだろう？　その上、シーナは無理ばかりしている」

「そう、ですね」

思わず苦笑いになる。

父様は私達が不仲であることを知っている。

たとえ会う機会は少なくても、しっかりと娘のことを考えてくれる。私の父がこの人で良かったと改めて感じた。

「テリジア家は……無理に王家と繋がりを持たなくともやっていける。そして王家も……ユエン殿下も我らの後ろ盾がなくとも、いずれ王になられるだろう」

「確かにそうですが……」

いつもと変わらず、したいようにしなさいと提案してくれる。

いつもと違うのは、もう私を縛《しば》る者がいないのだから、決断するなら今だと示唆《しさ》しているところだ。

だが、こちらから願い出た婚約をこちらから解消するというのも非常識な話。できなくはないが、王家やほかの公爵家からの風当たりが強くなってしまう。それは私の本意ではない。だから、私から婚約解消はできない。穏便に済ませたいのなら、殿下から言ってもらうほかないのだ。

「それがいかに非常識なことか、存じております、父様」

「だが……」

家名に傷がついても守ろうとしてくれる父様の姿に、思わず目頭が熱くなる。

「父様のお心遣い、感謝いたします。ですが、そうするつもりはありませんわ」

テリジア家を守りたいという気持ちなら、私だって負けない。

それに、そもそもは母の言いなりだった私が蒔《ま》いた種なのだ。責任は自分で取るべきだ。だから打開策は自分一人で考えなくては。

「そうか……」

父様は残念そうな表情をする。

父様が私のことを考えてくれたのは本当に嬉しい。こんなに娘思いの父親なら留学も認めてくれるかも、と期待が高まる。いよいよ本題に入ろうと意気込む。

「父様。今日は相談があって来たのです」

「相談?」

「はい……できるだけ叶えたい願いがありまして」

「願い……何かな？」

今度こそ娘の力になれると喜ぶ父様に、留学という爆弾を投下するのは気が引けるが、仕方がない。

「ゼロ国への留学制度がありますよね」

「あぁ、それか。それなら大丈夫だよ。我が家は対象外だから。シーナは絶対に選ばれることはないよ」

そっか。普通は留学と言ったらそういう反応になるか。

これは誤解される前に、さっさと本意を告げねば。

「いえ、違います」

「違う？」

「私はゼロ国へ留学したいのです!!」

言った後、目をそらしてしまったが、こういうのは言ったもん勝ちかなと思い、肩の力を抜いた。

落ち着いてから再び父様を見る。すると見事に固まっていた。

誰も行きたがらないゼロ国に、まさか自分の娘が行きたいと言い出すなんて普通なら考えないもの。

「…………シーナ」

父様は、戸惑いながらこちらを見た。

「本気……かい？」

「はい」

「ゼロ国……あのゼロ国だよ？」

「はい。父様の言うあのゼロ国に行きたいのですが」

「…………ええ……」

驚くのは当然だけど、暗いオーラが見えるのはなぜだろう。

「シーナ……ゼロ国は……お前が思っているほど良い国ではないよ」

「……良い国かどうかはさておき。私はゼロ国の音楽の文化にとても興味を持ったのです」

早く踊りたい。

その気持ちが沸々と湧いてくる。これはサン国では決してできないこと。この世界にないのならば諦めるしかなかったが、ゼロ国にはあってさらに留学という手段まで揃っている。

諦める理由はない。

「音楽……。それほどまでにか？」

「はい。私にはとても魅力的です」

「……。まるでローゼだな」

呆然としていた表情は懐かしいものを思い出すように変わった。

「ローゼ？　叔母様ですか」

ローゼ・テリジア。

父様の妹であり、私の叔母。

ずいぶん前に亡くなったはず。

「あぁ。……ローゼはな、今ゼロ国にいるんだ」

「え！　……亡くなられたのでは？」

「いや……生きている。やむを得ない事情でこちらの国に帰ってこれなくなってな。この国では死んだということになっているのだ」

やむを得ない……。まさか犯罪に巻き込まれたとか？

「今、叔母様はゼロ国で過ごされているのですね？」

「あぁ。むこうで結婚し、子供もいる」

「それはそれは……」

それなられっきとしたゼロ国の国民だ。

だから帰ってこられないのかな。

「ローゼは父に勘当され、二度とテリジア家の敷居をまたぐことはない。だが、私は兄妹としての縁は切っていないから、何度か連絡をとっているんだ」

「そんなことが……」

叔母様を思い出したのか、父様は穏やかに微笑んだ。

「だから……シーナが本当にゼロ国への留学を望むなら、ローゼに世話を頼もう」

「本当ですか！」

それはありがたい。しかし、私はローゼ叔母様のことをよく知らない。

「大丈夫。ローゼはきっと力になってくれる」

私の不安を察した父様が教えてくれた。

「……どうやら冗談ではなさそうだ。私もローゼと連絡を取らないといけないようだね」

「ありがとうございます、父様！」

思いのほかすんなり認めてくれた。だが、父様の表情は少し寂しそうだった。

「……父様。つきましては提案がございます」

「なんだい？」

「今年の留学枠は私、ということにしていただけないでしょうか」

「あぁ。そういうことか」

「はい。公爵家の者が行くのは異例ですが、ほかの貴族の子供が行かずに済むなら良い話のはずです」

「そうだね。……実は留学の件は、今年は私が担当だったんだ。なんとかなるだろう」

「そうなのですか」

「まさか、自分の娘が行くことになるとはな……」

「意外でしたか」

「思いもしなかったよ」

父様は苦笑した。

「ただ、その留学枠で行くんだ。どんなに苦しくても、一年間はゼロ国で過ごさなくてはならない。

辛くなったらいつでも帰ってきてほしいけど、それはできない。……覚悟はあるかい？」

「……はい」

この国に留まる方が辛いことを、父様は知るよしもない。

「……うん、良い目だ」

こうして、私の留学が決まった。具体的な日取りが決まるのはもう少し先だが、一つ大きな問題がある。

婚約者である王子――ユエン・サン殿下に会いに行かなくてはならない。

すごく面倒に感じるが、仕方がないと思い直した。


翌日。

すぐにでも国から出たいけれど、そうはいかない。まだ婚約者として全力で頑張っていた頃の私が、今日殿下と会う約束をしていたのだ。私は覚悟を決めて立ち上がった。

「準備しなくては」

それと同時に部屋にノック音が響いた。

「失礼します」

そう言って入ってきたのは、私の専属侍女のキナ。

「さ、準備いたしましょう、お嬢様」

「ありがとう、キナ」

それにしても憂鬱である。過去最大といっても過言ではない。

それは、今まで通り接しなくてはならないから。これまでの私のように、とにかく殿下を褒め、マシンガントークをしなくてはならない。

母が亡くなり、縛《しば》られるものがなくなったとはいえ、いまさら素を出すわけにもいかず、嫌われるとわかった上でも、それをしないといけない。

「できましたよ」

「ありがとう」

考えているうちに支度が終わった。

「お嬢様、お疲れのようですね。大丈夫ですか?」

「……えぇ。大丈夫よ」

心配させてしまった。疲れているように見えるならば、直さないと。気を引き締める。

「……行きましょう」

「はい」

疲れているのは、前世の記憶が戻ったからだ。

キナとともに馬車に乗り込んだ。

数時間馬車に揺られて、王城に着いた。

「お嬢様、着きましたよ」

「えぇ」

すでに疲労は最高潮だが、頑張るしかない。

これさえ乗り切れば、楽しい楽しい留学生活が待っている！　そう思えば頑張れる気がした。

広間に通され、殿下を待つ。

「……」

スイッチを入れないと。対殿下用のフィリシーナにならなくては。そう思いながら殿下についての情報を思い出していた。

ユエン・サン第一王子。サン国の王位継承順位第一位の方である。私と同い年の十八歳。幼い頃から天才と呼ばれていて、弟の第二王子が生まれても、次期王の座は磐石《ばんじゃく》だ。

ゲーム内では優しくて何でもできて完璧。だが実際は何にも興味がない王子という設定だが、まさにそうだと思う。

ユエン殿下は九歳の時国王陛下の命令で婚約者を定めることになった。その時のパーティーで知り合い、婚約者になったのが私、フィリシーナだ。何にも興味がないというのはフィリシーナに対しても同様で、以前は何の感情も持っていなかったが、近頃は嫌悪感を抱き始めている。よって私達ははっきり言って不仲だ。

「お嬢様、肩の力を抜いた方が良いかと……」

「そ、そうね」

思っているより緊張している。いつもなら緊張なんてしないのだ。だから今日の私も緊張しては駄目。いつも通りに演じなくては。

「……頑張ろう」

小さな声で自分を鼓舞する。そしてようやく肩の力が抜けた頃、扉が開く。

不機嫌そうに殿下が入室してきた。

「殿下、お久しぶりにございます。いかがお過ごしでしたか？」

いつも通りの挨拶を交わす。

「別に、普通だよ」

いつも通り素っ気ない反応が返ってくる。

仮にも婚約者であるフィリシーナにここまで塩対応だなんて。

もう少し愛想よくするかと思っていたが、私には不必要という判断なのだろう。

「それは良かったです」

どんな些細なことでもいいから、とにかく会話を切らさない。

それが今まで私がやっていたことだ。

「殿下は、最近お忙しいと聞きます。無理はなさってないですか？」

「いや、大丈夫だよ」

「今日は素晴らしい天気ですね！　こんな天気の良い日には、お散歩なんてしたくなりませんか」

「そうかな」

「そういえば！　もう少しで殿下のお誕生日でしたね。今年は何か欲しいものはありますか？」

「特にないよ」

「お誕生日パーティーのドレス……何がいいと思いますか！」

「何でも似合うんじゃない」

「まぁ！　殿下がそうおっしゃるのであれば、殿下にふさわしいドレスを選びますわね！」

「うん、そうだね」

質問や提案をことごとくかわす殿下。そして話すこと一時間。最初の方から内容のない話を絞り出していたけれど、どんどん同じことを言うハメになっていた。

しかし、殿下は全く聞いている様子はなく、右から左へ綺麗に流していた。いつものことながら、目は一回も合わなかった。好き嫌いはさておき、殿下は私には心底興味がないと思う。

「殿下、そろそろ」

「あぁ」

従者が、殿下を呼びに来た。

「じゃあね」

「はい、殿下。お体、ご自愛くださいませ」

やっと終わった。良かった……

ちなみに留学のことについては話さなかった。

話すも話さないもシーナの自由と父は言ってくれた。

なので、私は万が一のことを考え、言わなかったのだ。引き止めるなんてこと、絶対にないと思うが危ない橋は渡らないに越したことはない。

今日も私に対する好意は見られなかったのでむしろ安心した。

実は、ゲームで彼に殺されるのだと途中から恐怖がこみ上げてきた。我ながらよく耐えたと思う。

「それではお嬢様、帰りましょう」

「そうね」

「……次も頑張ってください」

キナは、私が無理していたのを知っている。直接言われたわけではないが、長年一緒にいればわかるのだろう。

キナの言う次がいつ来るかわからないが、それが訪れないことを願った。

馬車へ向かう際にひとりの令嬢が目に入る。

別に気にする必要はないはずなのに、なぜか目が惹きつけられた。

「あの方……」

きっと見たことがない方だからだろうと結論づけ、馬車に乗り込んだ。

こうして王城を後にした。


毎年、留学は今から数か月後に行われる。

だが、指定日があるのではないので、今行っても問題はない。なので、私は留学を少し早めてもらった。

サン国にいると殿下と会うことになる。早めに行動できるならその方が良い。

「準備しなくちゃ」

父様とローゼ叔母様の文通の結果、今すぐでもいいと言ってくださった。

留学生はゼロ国の留学を担当する貴族が用意した家で過ごすのがしきたりだ。留学生の身内がゼロ国にいる場合は、身内が預っても良いようだ。

私は、一人暮らしをしているローゼ叔母様の息子のところで過ごすことになった。何でも、世話上手で面倒見がよく恋愛に全く興味がない人なのだとか。父様が信頼していて、その理由は会えばわかるらしい。

今回の留学で、私は舞踊の専門学校に通うことに決めた。サン国への留学制度は友好が目的という建前なので、ゼロ国で一年以上何かを学べばいいという、なんとも緩い制度なのだ。成果を確認することはない。とにかく一年、ゼロ国で留学生という肩書きで過ごせというだけだ。私のように、わざわざ専門学校に行く者などきっと今までいなかっただろう。

叔母様が過ごす場所は領地だが、息子は王都で暮らしている。

舞踊の専門学校は王都にあるので、私が住むのもそっちの方が良いとの判断だ。

「……」

ゼロ国へ行くことに不安がないわけではない。ただなぜか大丈夫な気がする。

まだ会ったことのないローゼ叔母様には親近感が湧いていた。それに、大好きな舞踊ができるだけで何でもできる気がするのだ。一つ希望があれば十分だろう。

「……様」

父様やこの家から離れるのは少し寂しいけど。

「姉様！」

「!!」

突然の大きな声に驚く。

「な、何……？」

振り向くと、弟であるラドナードが扉に寄りかかっていた。

「ラ、ラド。何しているの？」

「稽古が終わったから、もうすぐ留学していなくなってしまうという、姉様の顔を見納めに」

「あ、そう」

ラドナード・テリジア。

乙女ゲームに出てこなかったけれど、彼の容姿は整っている。

歳は私と二つとしか変わらないのに、背は私よりも高い。

「……変わっているよね、ゼロ国に留学するだなんて」

「やっぱりそう思う？」

「うん」

「わざわざ会いにきてくれるなんて。何、寂しいの？」

「え、別に」

即答。

そう言われると、逆に私が寂しいのだけど。

「お茶でも……する？」

寂しがっていないラドには必要ないかもしれないが、駄目もとで提案する。

「……する」

普段は必ず拒否するのだが、しばらく会えないからか、今回は首を縦に振ってくれた。

可愛いところもあるものだ。

「姉様は先行ってて。着替えてから行くから」

「わかったわ」

稽古着から着替えるため、ラドは一旦部屋に戻った。

ラドとの仲は良好で、何だかんだ私のことを心配してくれる。

ラドは剣や学問をちゃんと学んでいて、私がいうのもなんだが、できた弟だと思う。

お茶をすることをキナに伝えて、私はテラスへ向かった。


少し待つと着替えたラドがやって来た。

「姉様、根本的な話。どうして留学することに決めたの？」

「ゼロ国の音楽に興味があって」

「え、あれって全然サン国と違うよね」

「それが良いんじゃない」

「へぇ……どれくらい行くつもり？」

「決めてないからわからないわ」

「え、一年以上行くの？」

「楽しかったら帰ってこないかも」

帰ってきたら死ぬかもしれないしね、という言葉は呑み込む。

「……本当に？」

「えぇ」

さすがにラドも驚いている。

「……ゼロ国は治安が良いし豊かだから、暮らしに不便はないんだろうけど」

「そうね」

「全く知らない土地で、よく自分から頑張ろうって思えるね」

「なんとかなるって思ってるから」

「そう言えるところがすごいよ。……俺が知らないうちに姉様は怖いもの知らずになったみたいだね」

「かもね」

確かに傍《はた》から見たら無謀にも、奇行にも見えるだろう。

「ラドは留学するのを止めないのね？」

「別に、姉様が行きたいのに止めようとは思わない」

「あら、そう」

「俺は応援する派だから。ま、頑張って、姉様」

「うん、ありがとう。頑張るわ」

「そういや、キナは連れて行くの？」

「ううん。連れて行かないわよ」

「それ、大丈夫なの」

「大丈夫でしょ」

キナ本人にも連れて行ってほしいと言われた。けれど、ローゼ叔母様の息子の家にお世話になるし、向こうには使用人はいないらしいから、私が連れて行くのも変な話だ。

それに今の私は自分のことは自分でできるので、いなくても大丈夫。寂しいけれど、甘えてはいられない。

キナには、定期的に手紙を書くという条件付きで了承を得た。

「まぁ……姉様なら大丈夫か」

「ええ」

「ねぇ、ユエン殿下はいいの？」

これで終わりかと思った時、爆弾が落ちた。

「……うん、別に」

深掘りしたくてもできない話題だ。

「……そっか。もともと、姉様が好んで婚約したわけじゃないものね」

「え、ラド、なぜそれを」

「そりゃわかるよ、見てれば」

父様が理解してくれているのは知っていたけど、ラドにまで伝わってるとは思わなかった。

「姉様は知らないと思うけど、姉様が婚約して頑張ってくれたおかげで、俺はすごく楽な生活ができたんだよ。だからとても感謝してる」

突然、照れ臭そうにラドは告げる。

「楽な生活？」

「うん。母様の全神経が姉様を王妃にすることに向けられたじゃん。だから、俺はあの癇癪《かんしゃく》の対象から早々に外れて、穏やかに過ごせた」

「そうだったの」

「でも、同時に申し訳なくも思ってる。姉様一人に母様を押し付け過ぎたなって」

まさか、ラドがそんなことを考えていたとは。

「好きでやってたから。母様の期待に応えたくて頑張っていたのよ」

本当は逃げたくて仕方がなかったけど、私が頑張っていたお陰でラドが救われたなら、私の頑張りは報われたのだ。

「そっか」

「でも気にしてるなら……」

「ん？」

「ラドはこれから頑張ってよ。頑張って、テリジア家と父様を支えて」

私にはもうできなくなるから。

「……もちろん」

だから、ラドに託す。

「父様を任せるわよ」

「了解」

その後、他愛ない会話をして別れた。

部屋に戻って留学の準備をしながら、ラドは成長したのだなと思った。


いよいよ、出発の日が来た。

玄関には父様やラドや屋敷中の使用人が見送りに来てくれた。

「シーナ、体調に気をつけるんだよ？　無理はしないこと、危険なこともしないこと」

「姉様は一人でやってしまうタイプだから、しっかり周りを頼ってね」

「うんうん。ローゼとその息子に頼るんだよ」

「わかったわ」

「……本当に留学するのか。寂しくなるね」

「そんなことないでしょう、父様。ラドがいるし」

「いや……うん、そうだけど」

父様はうつむいて黙ってしまった。私は首を傾げてラドを見る。

「そうじゃないと思うけど。相変わらず鈍感」

「何か言った？」

「何も」

「そう。ならいいけど。…………ラド、父様をお願いね」

「了解」

名残惜しいが、出発しないと。

「…………じゃあ、行ってくるわね？」

「うん」

「シーナ、気をつけるんだよ！」

父様とラドの声に背を向け、馬車に乗った。

「では、いってきます！」

「いってらっしゃい」

「頑張ってね」

「「いってらっしゃいませ！」」

父様、ラド、使用人の皆に見送られ、私はゼロ国へと出発した。

第二章

ゼロ国はサン国から海を渡った先にある。

港までは近いが、船に乗ってから数時間かかるようだ。乗り物酔いをするタイプではないから、船旅はとても楽しみ。

「お嬢様。港に着きましたよ」

思ったよりも早く着いた。港にはあまり来たことがなかったが、改めて見ると良い景色だ。

「うわぁ……」

すでに私が乗る船は来ていた。思ったより大きくて驚く。

「もう乗れるはずよね」

「はい」

「では、行くわ。ここまでありがとう」

「いえ、いってらっしゃいませ」

御者に笑顔で見送られて船に乗り込む。船は前世でいう豪華客船のようなもので、中もすごくきらびやかだった。

「広いな……」

手続きを済ませ、自分の部屋に向かう。

「わ、すごいな」

父様が取ってくれた部屋は私の自室と変わらないくらい広く、使い勝手が良さそうだった。

「何しようかな」

船の中ですることを決めていなかったので、少し困った。悩んでいると、扉がノックされる。

「誰だろう」

扉を開けるとそこには見知らぬ人が立っていた。

背は高く、髪は一まとめにしている。中性的な整った顔立ちで性別の判断がつかない。

「えっと……どちら様で？」

「……貴女がフィリシーナ・テリジア？」

「え、はい」

名前を知られていることに驚き、警戒する。

まさか出国早々トラブルに巻き込まれるのだろうか。

「あ、あなたは……？」

「あら。聞いていないのかしら？」

口調からは女性のようにも感じるが、声の高さからしてきっと男性だ。

……なるほど、オネェさんか。

あいにく、何も聞かされていないのでそう言うしかない。

「何も聞いていません」

「…………なぜかしら」

それを私に聞かれても困る。伝えるはずだった人に言ってほしい。

「えっと、どちら様ですか」

「ジェシンよ」

と言われても、その名前の知り合いはいない。

「……その、名乗られてもわからないので、人違いではないでしょうか」

「あら。…………そうね、母の名前がローゼと言えばわかるかしら？」

「……あ！」

その一言でようやくわかった。

どうやら叔母様に言われて、わざわざ迎えにきてくれたのだ。

事情がわかったところで改めて自己紹介をしてもらった。

ジェシン・ソムファ。

ローゼ・ソムファ侯爵夫人の息子である。やっぱり男性であった。

年齢は二十六歳。次男なので家のことは長男に任せ、自分はやりたいことをしているんだとか。

「やりたいこと？　もしかして舞踊関係ですか」

「系統としては似ているかもね。デザイン関係の仕事って思ってくれればいいわ」

「なるほど」

ジェシンさんの美しい所作や雰囲気から、その職業はとても似合いそうだ。

「ところで、どうしてゼロ国への留学を自ら志願したのかしら」

「音楽の文化にすごく惹かれたんです」

「なるほど。あれに魅力を感じるサン国の人間が、あたしの母のほかにもいるとはね」

やはりゼロ国の人から見ても珍しいようだ。

「ま、血が繋がっているってことかしら」

「そうかもしれません」

今回の留学は我が家にはローゼ叔母様という伝手《つて》があったから、思ったより簡単に話が進んだ。

まだ会ったことのない叔母様に何度感謝したことか。

「貴女はフィリシーナ、よね。ならシーナと呼んでいいかしら？　これから同居するんだから、気を遣わないで。敬語も身内なんだからやめましょ。あたしのことはシンでいいわ」

「わかりま……わかったわ、シン」

その言い分は大いに説得力があった。

「それでよし」

満足そうに微笑むシン。

少しだけ打ち解けたところで、気になったことを聞いてみた。

「シンには婚約者はいないの？」

家から出ているとしても彼は侯爵子息だ。彼の年齢なら既婚か、婚約者がいてもおかしくない。

私と同居することに問題はないのだろうか。

「いないわね」

「恋人は？」

「いないわ」

婚約者がいないとしてもその歳で恋人がいないなんて。すごくモテそうなのに、なんだか不思議だ。

「今いい歳のくせにとか思った？」

「………いえ」

「その通りだから大丈夫よ。……そうね、サン国とゼロ国では恋愛事情がかなりちがうわね」

「そうなんだ」

もしかしてあれか。恋愛結婚が主流で、身分は重視しないとかだろうか。

サン国では、貴族は政略結婚が当たり前だから、あまり恋愛結婚の話は聞かないけれど。

「恋愛結婚が多い、とか」

「いい線いってるけど、少し違うわね」

「少し？」

「ええ。……シーナ。番《つがい》という言葉を聞いたことはあるかしら」

「つがい？　いえ、ないけれど」

「番《つがい》っていうのはね、簡単に言えば、運命の相手ってところかしら。獣人の間ではよく知られていることよ」

「獣人……。ゼロ国には獣人がいるの？」

それは初耳だ。

「いえ、純血の獣人は遠い昔に滅びてしまったわ。今いるのは、獣人の血を引く人間に近い者達よ。もちろんそうでない人もいるわ」

「シンは？」

「あたしにも獣人の血が流れているわ。なんの獣人かはわからないけれど、あたしと同じで知らない人は多いわね」

「それだけ時が経ってるってことかな」

「確かにそうかもしれないわ。……それでね、その獣人の血を引く者達には番《つがい》という感覚が引き継がれたのよ」

「そうなんだ……良かったね……？」

今ひとつ、番《つがい》というものがわからないので反応に困る。

「良かったのか、悪かったのかは、人それぞれなのだけれど」

そう言うシンはどこか寂しそうに見えた。

「獣人の血を引く者達にとって番《つがい》は唯一無二。運命の相手であって、代えのきかない存在ね」

「大切なものなんだね」

「えぇ。でも、簡単に見つかるものではないわ。昔は違ったのかもしれないけど、今は番《つがい》に巡り合えるのは奇跡とも言われているわね」

「それはまたどうして……」

「人口増加も原因の一つだけれど、もっと深刻なのは番《つがい》対象が他国にいるかもしれないってこと。年々番《つがい》を求めるのを諦めて、普通の恋愛をする人が増えていることが理由。そういった人達は他国に移住する場合もあるの。ゼロ国の血を引く人が他国にもいるというわけだけど、流石《さすが》にそこまで番《つがい》を探しに行けないからね。おかげさまで出会える確率は低くなる一方よ。何十年も前なら、移住する人はまだ少なかったから、今に比べれば探すのは簡単だったでしょうね」

「そうなんだ……」

そう聞くと、確かにサン国とは全く違う。

「それでも獣人の血を引く者なら、一度は夢見るのよ。……番《つがい》に出会うことを。だからあたしは正直、父様が羨ましいわ」

シンは遠くを見ながら呟く。

「どうして？」

「父様は、この代では珍しいくらい濃い獣人の血を引いているの。でも、番《つがい》が見つからなくて、若い頃はかなり絶望していたみたい。獣人の血が濃ければ濃いほど、番《つがい》を求める想いが強いと聞くからね。諦めて、生涯独身を貫こうとしたときに奇跡が起きたのよ」

そう言ってシンは優しく笑う。

「たまたま、その年は父様がサン国の留学生の面倒を見ることになってね。そこに現れたのが母様。

父様の番《つがい》だったのよ」

「まさに……運命、だね」

「全くその通りね。で、そこから父様の猛アプローチが始まったらしいわ。番《つがい》なんてよく知らなかった母様は、最初は軽くあしらっていたらしいんだけど、あまりにもしつこい父様に折れたんだそうよ」

「折れた……」

折れるまでアプローチし続けたのなら、侯爵はすごいな。

話を聞くだけで叔母様への並々ならぬ執着を感じる。

「といっても、もちろん、今は幸せそうよ、母様」

「……何だかとても素敵な話ね」

「そう言ってもらえてよかったわ。まぁ、でも今は番《つがい》がいると信じる者と信じない者がいる。後者は普通に恋愛をして結ばれるわ」

「シンはまだ出会っていないんだね？」

「そうよ。でもあたしはまだ恋愛願望はないのよね。仕事が楽しい時期で」

勝手な憶測だけど、シンはすごく仕事ができる人だと思う。父様の言っていた、会えばわかるを実感できた気がする。

「シーナは、これから少なくとも一年はゼロ国にいるのよね？」

「えぇ」

「なら、もう少し詳しく知っておくべきだわ」

という言葉とともに番《つがい》についての濃い話が始まった。

「番《つがい》に出会えて、あたしの父様みたいにとんでもなく幸せになれる人もいるけれど、番《つがい》が見つからず、長い間絶望を味わい続け、亡くなる者も多いの」

番《つがい》には思っていたよりも、残酷な面があるようだ。

「その……番《つがい》が見つからない人達は、諦めて別の人と幸せになろうとしないの？」

「そうね。さっきも言った通り、そうする人達もいるわ。でも、それができない人もいる。あたしの父様みたいに、人よりも濃い獣人の血を引いていると、番《つがい》以外を愛せないのよ。実際、今も苦しんでる人は多いの……」

「そういった人達は……普通に生活ができるものなの？」

「……いえ。ただひたすら永遠の眠りにつくまで仕事をしたり、学んだりしているわ。まるで日常を機械のように過ごしている」

「苦しみながら……」

想像すると、その姿はとても痛々しい。

「……どうなんでしょうね。実際は割り切ってそれなりに小さな幸せを得て暮らしているのかもしれないわ。けれど……さらに残酷なことにね、獣人の血が濃いとね、普通の人よりもはるかに長命になるのよ」

「そんな」

「えぇ……でも、当事者達がどう生きているかはわからないわ。あたしはそんなに血は濃くないし、父様以外にそういった人を知らないからね」

「そっか……」

番《つがい》は、良いことばかりではない。むしろ、そうでないことの方が多いのかも。

「あ……ところでシン、番《つがい》ってどうやったらわかるの」

「あぁ。……そうね。逆に聞くけど、どうやったらわかると思う？」

どうやったら。そう聞かれて思い浮かんだのは運命といえば赤い糸、くらいだ。でも、まさか見えるわけではないだろう。

「うーん……」

良い答えが見つからず、悩む。

「そんなに難しく考えなくて大丈夫よ。父様曰く、声を聞いて一瞬でわかったり、触ることでわかったり。家系によって違うみたい。ちなみに、我が家は声を聞いてわかるタイプね」

「へぇ……」

やっぱり糸は見えないのか。

「母様が番対象だったなら、シーナにもゼロ国の血が流れていそうね」

「言われてみれば……」

「シーナは自分に番《つがい》がいてほしい？」

「え……いえ」

唐突な質問だ。

私には一応ユエン殿下という婚約者がいるし、獣人の血もかなり薄そうなので関係ないと思う。

「私には婚約者がいるから」

「あら。いるの」

「えぇ、一応」

それ以上聞かないでくれたのは、叔母様経由で事情を聞いていたからだろう。

「……私、父様がシンとの同居を許可した理由がわかったわ」

従兄《いとこ》とはいえ、父様が異性との同居を許可したことが少し不思議だった。

だが、父様はシンのことをよく知っていたのだろう。

「あら、何かしら」

「シンは本当がいいもの。父様が信頼しているのもわかるわ」

「それは光栄ね」

ローゼ叔母様もかなり頼りにしているのだろう。

それが感じられる。私自身も話をしていてすごく安心する。同居人がシンで良かったなと思う。

「そろそろ着くわね」

「えっ、早いね」

「確かに、話をしていたらあっという間ね」

初めて聞く話ばかりで楽しかったからか、全く退屈しなかった。

いよいよゼロ国へ到着した。

初めて見る景色はサン国とは違う。

「うわぁ……」

目の前に広がるのは中世ヨーロッパに似た街並み。

そしてとても緑が多い。サン国はもう少し彩《いろど》りが地味だ。

「すごく綺麗で落ち着くわ。すてきな雰囲気の街並みね」

「気に入ってもらえて良かったわ」

遠くに見える王城らしき建物もサン国とは規模が違った。景色一つで格の違いを感じる。

「さっそく王都にある自分達の家に行きたいところだけれど、まずは母様に会いに行かないとね。連れて来るように言われてるのよ」

「それはもちろん。これからお世話になるのだから、挨拶したいもの」

「しっかりしているわね」

「シンだって」

お互いを褒め始めるとすぐに、ソムファ侯爵家のものらしき馬車が到着した。

「ジェシン様、お待たせいたしました。お連れ様はフィリシーナ様ですね。どうぞお乗りください」

「なに、誰が迎えに来るかと思ったら、爺やだったの」

「はい。今、手が空いてるのは私のみですので」

「そんなに忙しいなら、挨拶はまた今度でも良かったんじゃないの」

シンが馬車から降りてきた年配の男性に声をかけた。その男性は笑みを浮かべつつ丁重に答える。

「奥様がどうしてもと」

「確かに母様は楽しみにしてたものね。なら早く行きましょう。シーナ、乗るわよ」

「お邪魔します」

ソムファ家の馬車はすごく広かった。乗り心地も良く、ゼロ国の豊かさが表れている。

「ここからどれくらいなんですか？」

「少々かかりますね。ソムファ家は王都から少し離れた領地ですので」

私の疑問に爺やさんは丁寧に答えてくれる。

「爺や、元気だった？」

「私なら元気ですよ」

「そう。なら、いいけれど。——あまり無理はしないでよ？」

「ジェシン様は相変わらず心配症ですね。大丈夫ですよ」

「爺やが自分のことに無頓着だからでしょう。倒れたりしないかいつも心配してるんだから」

「私はまだまだ働きますよ」

シンは心配症というより優しいのだと思う。爺やさんを大切にしていることがわかる。そんな微笑ましい会話を聞きながら、私はゼロ国の街並みに感動していた。

意外に短時間でソムファ家に着いた。到着すると、私は応接室へ案内された。

「母様がシーナと二人きりで話したいんですって。相手をしてもらえる？」

「もちろん」

ローゼ叔母様にそう言ってもらえるのは嬉しい。

「あたしは少しやりたいことがあるから、席を外すわね」

「わかったわ」

「ではシーナ、また後で」

そう言ってシンと別れた。

「フィリシーナ様、しばしお待ちください。ただいま奥様を呼んでまいります」

「ありがとうございます」

椅子に座って待機する。

応接室から見える王城は先程よりも鮮明に見えた。まるでゼロ国の象徴というような存在感だ。

「その景色は気に入ってもらえたかしら」

「え」

突然の声に驚いて振り向くと、父様に似た女性が立っていた。

「はじめまして。私はローゼ・ソムファ。貴女の叔母よ」

「あ、えっと……フィリシーナ・テリジアです」

急いで名乗り、カーテシーをする。

「貴女がシーナね。うふふ、よろしく」

「よろしくお願いします」

ローゼ叔母様は、私の想像以上に若々しい人だった。

叔母様は少し父様に雰囲気が似ているが、シンとも似ている。

「長旅ご苦労様。疲れているでしょう？　ほらお掛けになって」

「ありがとうございます」

「ずっと会えるのを楽しみにしていたのよ」

「……と、言いますと？」

「ゼロ国の音楽の良さがわかるサン国の人ってなかなかいないんですもの。それが身内だったことが嬉しくてね」

純粋に喜ぶ姿は見ていてとてもほっこりする。

「それに留学の先輩としていろいろ教えないとと思って。知っておいてほしいことがたくさんあるの。何から話そうかしら」

あれこれ考えながら待っていてくれたのだ。

「ちなみになのだけど、ジェシンとは何を話したのかしら」

「シンのことやゼロ国の恋愛事情……番《つがい》についてでしょうか」

「あら。番《つがい》についてはもう知っているのね」

「はい」

「私の話も、もしかして聞いた？」

「……少しなら」

「あの子、変なことを言ってなければ良いけれど」

「それは大丈夫だと思います」

簡潔にまとめられた話だったから、詳しく聞いたわけではない。

「ねぇ、シーナ。もし貴女がこのゼロ国にいる、誰かの番《つがい》だった場合……目をそらさずに向き合ってあげてほしいの。私は自分の夫の件で、彼らにとって番《つがい》がどれほど大切か知ったわ。無下にすることがどれだけ彼らにとって残酷か……シーナにそんなことをしてほしくないの」

「私が誰かの番《つがい》である可能性があるんですか？」

「断言はできないのだけれど…………私がそうだったから、テリジアの家系は獣人の血を引いているかもしれないわ」

「そうなんですね。……ですが私、一応婚約者がいまして」

「あら。その方はよく留学を認めたわね」

「……特に許可は得ていません。でも、その、不仲なので大丈夫かと」

「まぁ。……シーナ、貴女も大変なのね。でも思い切った決断ね。婚約者を置いて留学するなんて」

生き延びるためです、とは言えない。

「でも、私は人のことを言えないの」

叔母様は苦笑混じりに言った。

「とりあえず覚えておいてほしいのは、番《つがい》についてはあまり深く考えなくて良いけれど、もし困ったことが起きたら遠慮なく私に相談してほしいということよ」

「わかりました！　ぜひ、頼らせていただきます」

「ふふっ。……なんだか娘ができたみたいで嬉しいわ」

ソムファ家には二人の子供がいるが、どちらも息子で娘は存在しない。

叔母様がそう言ってくれて、私は嬉しくなった。

「ではシーナ。本題に入るのだけれど、シーナは舞踊をやりたいのよね」

「はい」

「となると、専門学校に入るのが一番だけれど……今すぐは入れないわね」

「時期ですか？」

「ええ。次の募集はまだ先なの。それにしても、入学時期とは関係なく、シーナはまず基礎を学ばないと。専門学校に入ってからついていけるようにね」

「基礎、ですか」

「そう。幸い、学ぶ時間は十分あるわ。私の知り合いに舞踊に長《た》けた人がいるから、その人に教わりましょう」

「そんな、何から何まで手配していただいて申し訳ないです」

「遠慮しないで。というか、シーナがゼロ国にいる間は、私達が家族よ。兄様に任された以上、私達が責任もってシーナの面倒を見るわ」

思ったより歓迎してくれて、すごく安心した。

「さぁ！　そうと決まれば手配しないとね」

叔母様ははりきって立ち上がる。

それと同時に、応接室の扉が勢いよく開いた。

「あら」

「ローゼっ!!」

現れた男性は、すぐさま叔母様に駆け寄り、強く抱きしめた。

「ローゼ!!　どこにもいないから驚いたぞ……まさか応接室にいるなんて。ここで一体何をしていたんだ」

「……苦しいです。……私は言いましたよ？　今日は、姪であるシーナを迎える日だと」

「え」

叔母様の言葉を聞いて、ようやく男性は私に気づいたみたいだ。

「……すまない……来客中だったか」

先程までの甘えた様子は一瞬で消え、襟《えり》をただしながら私に向き直った。

「いえ……私はかまいません」

遠慮がちに答えると、叔母様による紹介が始まった。

「シーナ、この人が私の夫でソムファ侯爵よ。あなた、こちらが私の姪で、サン国のテリジア公爵の娘フィリシーナよ」

「はじめまして。サン国から参りました。フィリシーナ・テリジアと申します」

「君がフィリシーナか。私は」

侯爵が叔母様から少し離れて自己紹介しようとしたとき、再び勢いよく扉が開いた。

「父様！　こんなところにいたのですか!!　また貴方は、仕事を投げ出して母様のところに！」

シンに似た、シンよりも歳上に見える男性が勢いよく入ってきた。

「くそ、見つかったか」

「あら。また仕事を投げ出したんですか？」

「ち、違うぞ、ローゼ」

「違わないでしょうが！　これ、私じゃわからないんですよ！」

慌てて弁明したけれど、男性はすぐに否定する。おそらくだがこの男性がシンの兄なのだろう。

そう考えていると、男性の後ろからシンが呆れた顔で現われた。

「ごめんなさいね、シーナ。少しうるさい家なの」

叔母様も苦笑いをしている。

叔母様と話していただけなのに、いつの間にかソムファ家大集合である。

「どうせ来たのなら、全員挨拶しなさい。シーナが困っているでしょう」

「そ、それはすまない。……はじめましてフィリシーナ嬢、ソムファ侯爵だ。以後よろしく」

「よろしくお願いします」

「同じくはじめまして。長男のエディド・ソムファァです。よろしく」

何というか、シンとは違って苦労人という雰囲気を持った人だ。

「よろしくお願いします」

「うちの父様と兄様が驚かせてごめんなさいね」

シンがフォローをする。

「大丈夫よ」

「さ、自己紹介は終わりましたし、書斎に戻って仕事です」

エディドさんは侯爵の肩をつかんだ。

「早すぎるぞ、エディ。もう少しローゼと……」

「終わりませんよ、仕事が！」

「ロ、ローゼ……」

侯爵はまるで今生の別れのような表情をする。

そして叔母様に助けを求める。

「エディ、それは急ぎの案件？」

「はい、とっても」

エディドさんが即答するあたり、何かとても大切な仕事なのだろう。

「ですって。早く仕事を終わらせてきてください」

「嫌だ……まだローゼといる」

いつの間にか、最初に見た甘えた様子に戻る侯爵。

「全く我儘《わがまま》ですね。私は今、可愛い姪と話してるんですよ？　邪魔、するんですか」

今度は叔母様が侯爵にプレッシャーをかける。

「いや……そんなつもりは」

「仕事を終わらせてきてからなら、いくらでも相手をしますから。エディとシンを困らせないでください」

「……本当だな？」

「えぇ、もちろん」

「………わかった」

「はい！　そうと決まれば行きますよ」

侯爵の了承の声とともに、エディドさんが首根っこを掴んで引きずっていった。

「じゃ、シーナ、またね」

シンもそれに続いて、三人は書斎へ戻っていった。

「ごめんなさいね、シーナ」

「いえ、大丈夫です」

嵐のように来て去っていった三人を見送り、叔母様は私に微笑んだ。

「……いつもこうなのよ」

「大変ですね」

「本当にね。今日はシンも仕事を手伝ってるからって抜け出すなんて……」

叔母様は溜め息をつくが、その姿は嬉しそうだ。

「……やはり、番《つがい》はずっと一緒にいたいのですかね？」

「そうね。でも番《つがい》といっても全員が独占欲が強かったり、愛情の表現が激しいわけじゃないの。人それぞれよ。……一日中べったりじゃ疲れるでしょ？　結婚当初、私はそれは嫌と言ったの。最初は聞かなかったんだけど、息子達が育つにつれ、あの子達が助けてくれるようになったから良かったわ」

先程の光景を思い出して納得した。

「叔母様を尊重してくださるんですね」

「あと、べったりしすぎて疲れたから、一度怒ったのも効いたかしらね」

「お、お強い」

「ふふふ。……でもね、獣人の血が濃い方達は基本優しいわよ。彼らにとって、番《つがい》は何よりも大切だから、意思を尊重してくれるの」

「それなら良かった」

見た感じでは叔母様が窮屈な思いをしているようには思えなかった。

もっと束縛されるのかと思ったが、そうでもないようだ。それに、今の叔母様はすごく幸せそうだ。

「さて……個人指導を手配しようとしていたのよね」

「あ、ありがとうございます」

「いいのよ。手配ができたらまた知らせるとして……今日はもう遅いからここに泊まって、明日からシンの家に行くといいわ」

「はい、ありがとうございます」

そう言われて窓を見ると、すっかり日が暮れている。

「ちょっと待ってて。今、シーナを部屋に案内するようにメイドを呼ぶから」

「いろいろと、本当にありがとうございます」

「可愛い姪のためですもの」

そうして叔母様は応接室から出ていった。


ソムファ侯爵家で一夜を過ごし、今はシンの家で荷ほどきをしている。

「じゃ、シーナ。こっちがシーナの部屋よ」

「え、いいの？　こんなに広くて」

「安心なさい。あたしの部屋とそう変わらないわ」

「なら……遠慮なく」

シンの家は侯爵家から少し離れた王都にあった。

シンの仕事上、王都にいる方が都合が良いらしい。侯爵家よりはもちろん小さいが、二階建ての広い家である。

「これからずっと、自分の家だと思って使いなさい」

「ありがとう」

「というかシーナ、急がないとよ！　これから舞踊の先生に挨拶に行くからね」

「あ、そうだった！」

叔母様の手配は思った以上に早く、今日先生に会えるらしい。

「急ぐわよ！」

「何か必要なものとかあるかな？」

「大丈夫よ、何もいらないわ。あっちで用意してくれるって言っていたし」

「わかった」

「初回だからあたしもついていくわ。道案内も兼ねてね」

「ありがとう」

舞踊を教わりに行くということで、ドレスではなく動きやすいワンピースにした。

「じゃ、行くわよ！」

「うん！」

シンの後についていく。

舞踊の先生はシンの同級生で、ここから近い場所に住んでいるそうだ。

ふと気になった。

「先生はシンのお友達なの？」

「そうよ。安心なさい、シーナ。舞踊の先生はれっきとした女ですから」

「そ、それはよかった」

そのことは考えていなかったが、同性なら変な気遣いはいらなさそうだ。

「王都って広いね……」

「そうね。初めは迷子になりやすいから気をつけて」

「うん……迷路みたい」

建物も人も多い。サン国に比べて道が入り組んでいるので、覚えるのは一苦労だろう。

「後で時間ができたら案内するわね」

「うん、お願い」

王都に着いたら一人で探検でもしようと考えていたから助かる。

「……着いたわ」

「早いね」

「近くて便利でしょ」

思った以上にシンの家と近い距離にあって、心の準備をする暇がなかった。

そうとは知らず、シンはさっさと家のチャイムを鳴らす。

「はーい」

出てきたのはすごくスタイルの良い女性。柔和《にゅうわ》な顔つきで黒に近い緑色の髪を一つに縛《しば》っている。

「お、シン。待ってたよ」

「えぇ、お世話になるわ。彼女がシーナよ」

「よろしくお願いします」

「うん、よろしく。私のことはニナって呼んで」

「ニナ先生」

「先生だなんて、少し照れるな」

はにかみながら案内してくれた。

「じゃ、さっそく始めよう。シンは別の部屋で待ってて」

「えぇ。それじゃ、頑張ってシーナ」

「うん」

いよいよ始まるのかと思うと少し緊張する。鏡張りの練習部屋らしきところに案内された。

「まずは改めて自己紹介。今日から舞踊の基礎を教えるニナです。これから通う舞踊専門学校の卒業生でもあるから、腕は信用してほしいな」

「はい！　……フィリシーナ・テリジアです。舞踊未経験ですが、よろしくお願いします」

「えぇ、よろしくね。……それではどれだけ動けるのか見たいから、とりあえず指示したことをやってね」

「わかりました！」

留学が決まってから、体造りはすぐに行った。

知識はあるものの、体は舞踊未経験のフィリシーナなのだ。なにもしないで、想像だけで踊ることはできない。それほど長い期間準備できたわけじゃないが、ある程度は体を柔らかくすることができた。

「まずは――」

こうして舞踊の練習が始まった。

いくつか動作やできることとできないことの確認など、一通り行った。

それが終わると、しばらく自由に踊る。

流れてきた音楽は、すごく体になじんだ。

ゼロ国の舞踊は演劇のような物語……いわゆるテーマがあって、音楽に合わせてそれを表現する。

大事なのは表情ではなく体の動き――踊りで表現すること。

今回用意された曲はテーマが示されてはいない。なので、自分が感じた通りに動いていいのだろう。アップテンポな音に合わせて動く。

久しぶりに踊れることが嬉しくて、どんどんと動きが軽やかになる。

「……お疲れ様」

全て終えると、ニナ先生はすごく複雑な表情になった。

それを見て、何かやらかしただろうかと不安になる。

「……ねぇ、フィリシーナ嬢。サン国でも踊っていたの？」

「え、いいえ。全然やったことなかったです」

「そう……」

その一言で、失敗したことを悟った。

張り切りすぎて手を抜くのを忘れたのだ。前世での実力が、ゼロ国で通用するのかわからなくて全力で挑んだのだが、これは良くなかったかもしれない。

「とっても上手だった。驚くほどね。……まるで初めてではないくらい」

「ありがとうございます……」

途端に冷や汗が流れる。

どうやって切り抜けよう。

「………」

ニナ先生は黙り込んでいた。何か思い詰めたような表情でもあったが、私は自分のことで手一杯だった。

すると突然、意を決したようにニナ先生が顔を上げた。

「ねぇ、フィリシーナ嬢。………誰にも言えない秘密って持っていたりする?」

「秘密……?」

「そう。……例えば、元からこの舞踊というものをなぜか知っていた……みたいな」

そう言われて、ピンときてしまった。

もしかして、同じなのではと。

「もしかして、先生もそうなのですか」

「!!」

ニナ先生は私の反応に驚き、目を見開く。

「まさか……私以外にもいただなんて」

「私も驚きです。先生も同じだったなんて」

先生は心から安堵しているようだった。

きっと誰にも言えず苦労していたのではないだろうか。

「誰かに信じてもらえると思わなかった。だから誰にも言えなかった。けど、同じ状況の人になら言える。……聞いてもらっても良い？　私がタイムリープする――一度目の人生の話を」

「え!?」

タイムリープ？　転生ではなくて？

「あ……出会ってすぐ、こういう重い話されるなんてあれよね。ごめん、忘れて」

「い、いえ。そうじゃなくて」

私は慌てて先生に言う。

「タイムリープと言われて驚いただけです。…………私は転生なので」

「転生……。なんだか微妙に違うね」

「はい。でも、普通とは違う、かなり変わった人生を送っているという点では同じですね」

「確かに」

「あの……私でよければ、お話聞きますよ」

なぜだか放っておけなかった。

さっき、先生から救いを求めるような、そんな眼差しを感じたのだ。

「……お願い、してもいい？」

「もちろん」

私の了承を得たことで、先生の表情は一気に明るくなった。

「……私がニナという人生を送るのは二度目なの」

「二度目？」

「一度、この人生は死まで体験してる。前回は三十五歳のとき、死んだと思って意識が遠のいて、気づいたら五歳の自分に戻ってた」

「未来からきて、人生をやり直してるってことですか？」

「えぇ。おかしな話で信じてなんて言えないけど……」

「大丈夫です。私も誰にも信じてもらえないような人生を送っているので」

「転生……だっけ？」

「はい。私は――――」

私は自分について話し始めた。

「それって……異世界転生っていうの？」

「そうですね」

「……確かに、お互い、誰も信じてくれないような人生ね」

「はい。……同じタイムリープでなくて、期待を裏切るようで申し訳ないのですが……」

「いやいや！　十分過ぎるって!!」

「……そう言ってもらえると嬉しいです」

「でも、そっか……異世界か。転生前の世界にこのサン国の舞踊に似たものがあったから、今こんなにできるというわけだ？」

「そうなります」

「なるほど……それなら納得だわ」

段々と先生の表情が良くなってきた。

「ねぇ、フィリシーナ嬢。会ったばかりで興味ないとは思うのだけど……私のことを……話しても良い？」

「興味なくないですよ。転生の種類は違うとしても、状況は似ているので、親近感がわいてます」

「それなら良かった」

ニナ先生はシンと同級生だから二十六歳。

二十一年間も不安な日々を過ごしていたのだ。最近、前世を思い出した私とはわけが違う。

「……ありがとう、フィリシーナ嬢」

「お礼を言うのは私の方ですよ」

そして、先生は少しずつ自身の過去を語り始めた。

「私の本名はニュミニーナ・マレスト。マレスト公爵家の長女なの」

「こ、公爵令嬢……!?」

当然ながら、サン国とゼロ国の公爵令嬢では格が違う。

「このこと、シンには？」

「いいえ……本当に誰にも言っていない。以前の私は公爵令嬢としてシンと関わっていたけど、今は、ただのニナとして接してる」

「そうなんですね」

「以前は……公爵令嬢でい続けたために命を落としたの。だから二度目は、学園卒業とともに家から縁を切ってもらったの」

「ご実家と縁を切られた？　ということは勘当……？」

「そうしてもらえるように頑張って振る舞った。私は学園では舞踊こそできたけど、あとは壊滅的な出来損ない……公爵令嬢として役に立たない娘を演じたの。もちろん普通の公爵家ならそれだけで勘当なんてしないだろうけど……うちは普通じゃなかったから」

先生は寂しそうな顔で笑って続けた。

「完璧主義者の父と、有能な兄や弟ばかり可愛がる母。前回も今回も、あの家に女の私の居場所はなかった。貴族の子女なら、婚姻などで家の役に立つ方法もあるけど、うちは別に私が何かする必要なんてなかった。公爵家として栄えていたからね。……ちなみに、私は前回ある人と結婚したのだけれど、その後いろいろ拗《こじ》れて死ななくてはいけない状況になったの」

「でも……公爵令嬢なら、相手側から優遇されてもおかしくないのでは？」

「そうなんだけどね。相手も公爵家だったから、あまり優位な立場ではなかったわ。いわば対等だったもの」

「そこからどうしてそんなことに？」

「公爵子息は、仕事はできるし外面は良い。けど、女癖がひどかったの。もともと私は彼のタイプではなかったし、大事にはされなかった」

「……クズ、ですね」

「そうね……。それで、彼のことを本気で好きになった女性に殺されたわ」

「だからって殺しますか、普通？」

「普通なら殺さないかもね。でもいるじゃない。恋に酔って、何でもしちゃう奴って」

「あぁ……」

確かに、色恋沙汰というのは前世でもよく耳にした。

世界が変わっても、こういったことは変わらないのだろう。

「その女性に刺されて意識を失ったと思ったら、タイムリープしたの」

「そうだったんですね……」

「最初はね、何のために戻ったのかと不思議だった。でも、自分が思っていた以上に未練があったのかなって。だから……前回の二の舞にならないように、未練を作らないように、今は自由に生きている。ソムファ侯爵夫人には、舞踊の腕を認めてもらえたし……前回と比べてとても充実してる」

「それなら良かった」

「…………でも、時々ふと考えてしまうの。一度目の人生に、突然戻ってしまうんじゃないかって。やり直していても、一度目の人生が消えたわけじゃない。…………死ぬことへの不安はきっと、一生拭《ぬぐ》えないだろうね」

先生は諦めたような眼差しで呟く。本意ではないのに受け入れてしまっている。

せっかく二度目の人生を生きているのに、怯えながら過ごすだなんてあんまりだ。私は先生にそんな人生を送ってほしくなかった。

「先生。そんなに怯えなくても良いと思います。確かに、一度目の人生は決して消えません。でも、同じになんてなりません。同じ結末を迎えるのなら、わざわざタイムリープなんてしませんよ。きっとこれは、先生の最後の、やり直したいって願いが叶ったんです。だから、きっと大丈夫です。現に先生はこんなに人生を変えられたんですから」

「フィリシーナ嬢……」

「一度死ぬ恐怖は、私も知っています。だからこそ、そうならないようにって、行動できると思うんです。これができるのは私と先生だけの特権ですよ」

「特権……確かに」

先生は泣きそうな表情で、ゆっくりと微笑んだ。

「ありがとう、フィリシーナ嬢。なんだか胸のつかえが取れた気がするよ」

「お役に立てたなら光栄ですよ」

「……これじゃ、どっちが先生かわかったものじゃないね」

「そうですか？」

「そうだよ」

そう言って顔を上げた先生はとても晴れやかな、穏やかな雰囲気を纏《まと》っていた。

「よし。……それじゃ、気持ちを切り替えて舞踊を教えるね！」

「はい、お願いします‼」

「……フィリシーナ嬢は本当に舞踊が好きなんだね」

「はい」

「……それも前世から。……上手いわけだ」

「え、この国で私、やっていけますかね？」

「やっていけるも何も。私はフィリシーナ嬢より上手な人を見たことないよ」

「あ、お世辞でも嬉しいです」

「お世辞じゃないって………」

どうやら、専門学校でもやっていけそうだ。

だとしても、しっかりと基本を教わろう。そうして先生との授業が始まった。


数時間後。

「いや……本当に才能ある。というか、才能しかない」

「ありがとうございます」

授業を終え、先生から再び良い評価を貰った。

「……私は舞踊経験ゼロの子が来ると思っていたから、シンに少し長い時間がいるって言っちゃった」

「そうですか」

「もうほとんど教えきっちゃったよ」

「では、また明日？」

「違うよ、今日の分じゃなくて。これからの分、全部」

「そんなにですか」

「その実力なら、専門学校は余裕でついていける。トップだって夢じゃない」

先生の心からの評価を受けて、嬉しくて少し舞い上がってしまう。

「でも困ったな。これじゃあ教えることがなくなって……。あ、そうだ！」

「どうかしました？」

「フィリシーナ嬢って、サン国の公爵令嬢なんだよね？」

唐突に聞かれて驚いたが、素直に答える。

「え、はい」

「じゃあ……社交界の礼儀作法とか理解してるよね」

「一通りはもちろん」

「それなら、明日は続きをやるとして、明後日なんだけど、一緒に舞台を見に行かない？　実は友人の舞踊家が主催する舞台があって、招待されているんだけど券が二枚あってね。せっかく貰ったのにどうやって消費するか、悩んでたんだ。ここまでの実力があるのなら、実際に自分の目で舞台を見ておくべきだと思うし。どうかな？」

「え、行きます、行きたいです、行かせてください！」

嬉しすぎて、食いぎみに答えてしまった。

「あ、本当？」

「はい。一緒に行くのが私なんかで良いのなら」

「じゃあ、明後日の夜なんだけど……シンにお願いしとくね」

「はい！」

こうして私は舞台を見に行くことになった。

ちなみに先生が社交界の礼儀作法について確認したのは、今回の舞台を見に来るのはほとんど貴族なのだからだそう。

しかし、そんな貴族が集まる場所に行って親族に会わないか、心配しないのかな。そう聞いたら、マレスト公爵家も、先生の婚約者であった公爵家も、舞踊には関心もなく、絶対に来ないのだそう。

「その公演にはドレスコードがあるから、嫌だけどドレスを着ないといけないの……」

先生も私と同じ動きやすいワンピースを着ている。

「ワンピースは良いのだけど、ドレスは嫌い」

着飾るのは得意じゃないと、溜め息を漏らす先生。

「先生、似合うと思うのですが」

「そう言ってもらえると嬉しいけど……ま、明後日だけよ。その夜だけ我慢する」

その後、明後日の話を少しして今日はお開きとなった。


そして、舞台を見に行く当日。夕方になり支度を済ませた。

持参したパーティー用のドレスを着た。

留学生であっても、貴族であることに変わりはないので、サン国から社交用のドレスを持ってきている。そこまで派手ではないセルリアンブルーのドレス。実は持っているドレスの中で一番のお気に入りだ。

「シーナ、気をつけて。楽しんできてね」

「うん。いってきます！」

シンに見送られて、ニナ先生の家へ行った。

「いらっしゃい、フィリシーナ嬢」

「こんにちは……先生。え、すごく素敵ですよ」

「それはありがとう」

先生のスタイルの良さが、ドレス越しでも伝わる。

「じゃあ、行こう。招待してくれた友人が、用意した馬車があるから」

「はい」

馬車に乗り、舞台が行われる会場へ向かった。

「会場では私の目の届く範囲にいてほしい。シンがいない今、私がフィリシーナ嬢の保護者だからね。十八歳とはいえ、まだ子供なんだから」

「はい」

「私の教え子ってことで話を通したから。まぁ、私が生徒を取るなんて初めてのことだから、目立つかもしれないけど……なるべく迷惑をかけないようにするね」

「大丈夫ですよ」

馬車の中でさまざまなことを確認しているうちに、会場に着いた。

「……大きいですね」

「えぇ……舞踊の舞台会場では大きな方よ」

「大きい方？」

「一番大きな会場は、王城」

「なるほど」

「さ、行きましょ」

緊張しながら先生の後についていった。

「招待券はありますか」

「こちらに二枚」

「……確かに。どうぞ、お楽しみください」

受け付けを済ませて会場へ入ると、見た目以上に豪華だ。

「あら、ニナ！」

会場に入ると、先生は知り合いやら友人やらに囲まれてしまった。とても好かれているんだな。

「ごめん、フィリシーナ嬢。壁際に避難していて」

「わかりました」

できるだけ先生の目が届きやすい壁際へ移動した。

それにしても先生は人気者だ。挨拶してくる人が多い。

シンに先生のことを聞けば、舞踊に関しては〝天才〟と呼ばれていて人柄も良く、友人も多いと言われた。今目の前にある光景を見て心底納得した。

「人気者だ……すごい」

少し経って、ようやく先生は解放された。

「ごめんね、フィリシーナ嬢……」

「私は大丈夫ですよ。先生は大丈夫ですか？」

「なんとかね」

到着早々、たくさんの人を相手にしたせいか、先生は少し疲れたようだ。

「あ……先生。開演まで、まだ時間はありますか？」

「うん。どうしたの？」

「お化粧室へ行きたいです……」

「あ、うん、それ大事。一緒に行こう」

「ありがとうございます」

ずっと我慢していたわけじゃないけど、舞台公演中は行けないだろうから念のため行っておきたい。

しかし、化粧室に向かう途中、再び先生が捕まってしまった。

「……フィリシーナ嬢、ごめん」

そう言うと、私に場所を教えてくれた。

どうやら今回の人は話が長くなるらしく、一人で行かざるを得なくなった。

「……いってきます」

「気をつけてね」

こんな広い会場で一人だなんて気が進まないが、化粧室くらい一人で行けなくてどうする。

先生が教えてくれた通りに進む。

「良かった」

少し離れた場所にあったが、無事辿《たど》り着けた。

「…………よし」

用を済ませて化粧室から出たが……

「……どっちだっけ？」

自分が左右どちらから来たかわからなくなってしまった。なにせ右も左も同じ景色なのだ。

実は、私は前世も今もかなりの方向音痴。迷子になりやすい自覚はあったので気をつけていたのだが。

「……右も左も同じに見える」

そんなの言い訳にならないのだろうけど。

「……とりあえずこっちかな」

もう勘に頼るしかなくなっていた。

「階段だ……！」

来るとき階段は下ったはずだ。それを思い出して少し安心した。

階段を上がって辿《たど》り着いたのは大きな扉。

「ほかに何もないしな……」

左右を見渡してもこの階にはこの扉しかない。

明らかに元いた場所ではないのだが、こうなったら中にいる人を頼ろう。

「…………」

そこは特別な客のための部屋のようだった。だが、残念なことに人影は見当たらない。

「……困ったな」

誰かいてほしかった。

そうすれば、元の場所への行き方を教えてもらえたのに。

どうしたら良いかわからず、とりあえず立ち止まって考えることにした。

考えるより歩いた方が良いのだろうけど、歩いたらさらに迷う気がする。

「……はぁ……」

それでも歩かないことには始まらないので、再び部屋の外へ出ようと扉へ向かった——そのときだった。

「……そこにいるのは誰だ」

後ろから低く重みのある声が響いた。

「…………」

突然のことと低い声に驚き、すぐに答えることができない。

背を向けているこの状況をどうにかしないといけないのに足が動かない。

「名乗らないのか？」

声の主は不機嫌そうに問う。

「……私は」

名乗ろうとして躊躇《ちゅうちょ》した。

この人が誰かわからない状況で、本名を名乗るのは果たして得策かと。

「…………何だ、名乗らないのか」

「えっと……」

困りながらもようやく足が動いてくれた。

どうしようか考えながら振り返ると、見たこともない長身の美丈夫がいた。光を受けて銀色に艶めく髪。こちらをじっと見る瞳は紅玉のように輝いている。

それに、男性にはただならぬ威厳を感じる。思わず体が震えた。

「な……」

なぜか私を見て相手も停止する。先程までの威圧が少しずつ消えていくのがわかった。

「？」

私は戸惑うばかりだ。

「まさか…………そんなわけ……」

男性は信じられないものを見るように目を見開くけれど、私は何も心当たりがない。

どうしよう、謝ってこの部屋から出るべきかと悩んでいると、目の前の男性はとんでもないことを言い放った。

「やっと見つけた……俺の番《つがい》」

第三章

今、信じられないような言葉が聞こえた。

「……え？」

「俺の番《つがい》……これは夢ではないな……？」

そう言いながら男性は自分の頬をつねる。

「痛い……」

その姿は最初に見た威厳ある姿と全く違って、可愛らしい。

相当な力でつねったのか、頬が赤くなっている。

「……まさか……でも……こんなことがあるのだな……」

今度は独り言を言い始めた。呆然と立ち尽くしているけれど、男性にとって予想外なこの状況を整理しようとしているようだ。

「あの……」

呼びかけても反応しない。いよいよ自分の世界に入ってしまったのか。

「…………あ」

というか、こんなことをしている場合ではない。早く先生の所へ戻ろう。

心配しているだろうし、開演はもうすぐだ。

この男の人はよくわからないけど、放っておいても大丈夫そうだし、急いで元の場所へ戻らないと。帰り道がわからないので、本当は目の前の男性に場所を聞きたかったがそんな状況ではないようだ。

「……よし」

迷子覚悟で、何とか元の場所に戻ろうと気合いを入れる。

「……わっ！」

「……行かないでくれ、俺の番《つがい》」

強く抱き寄せられる。

何が起こったかわからず身をよじると、男性はさらに強く私を抱き締めた。

「え、あ、あの……！」

前世では舞踊一筋だったこともあり、恋愛経験はほとんどない。

それにフィリシーナとしての人生だって、あの婚約者とは不仲だったので甘い雰囲気になったことはないのだ。

つまり、いきなり異性に抱き寄せられたときの正しい対処法を私は知らない。

そんなことを考えていると、男性は私の耳元で驚くようなことを言った。

「君は俺の番《つがい》なんだ……どこにも行かないでくれ」

「あ、え、あのっ」

「傍にいてくれ」

「私、舞踊を見に――――」

「そんなのどうでもいい」

「で、でも……戻らないと」

「駄目だ、離さない」

何だかよくわからないまま、なぜか全て否定される。

このままではまずい、どうにか状況を変えなければ。

「……あの！」

「どうした？」

「と、とりあえずですね、お話でもしませんか⁉」

「確かに……それもそうだな」

納得してくれたのか、ようやく体を離した。そして私の手を取ってソファーがある方へ移動する。

だが、なぜか向かいではなくぴったりと隣に座る。

「え、隣？」

「駄目なのか……？」

さも当たり前のように言うが、どう考えてもおかしい。

「普通、向かい合うんじゃ……」

「こういうことだろう？」

いやいや。絶対にちがう。

私が想定したのはテーブルを挟んだ向かい側だ。隣同士に座って向き合うのではない。

「近いです！」

「大丈夫だ、それが良いのだから」

貴方が良くても私が良くない！　そんな心の叫びは届かず。私だけが動転している。

男性はなぜかその姿を見て嬉しそうにしている。

「……じゃあ少しだけ離れてください……。話せるくらいの距離で」

「……わかった」

これで妥協してもらった。

残念そうに少しだけ離れる。この距離だって近いのに、これ以上は無理だ。

ようやく話せる距離になったので、先程できなかった自己紹介をすることにした。

目の前の人がどんな人かはわからないが、この部屋に勝手に入ったのは私だし、見るからに高い地位にあると思われる方なので、本名を名乗っても平気だろう。

「改めまして。フィリシーナ・テリジアと申します。サン国にあるテリジア公爵家の娘です。この国には留学生として訪れていて、会場で迷子になってしまいました。だとしても、勝手に部屋に立ち入るという無礼を、どうかお許しくださいませ」

「……留学生」

「……はい」

どうにかこの場を切り抜けたい。そのことだけが頭の中を巡っていた。

「フィリシーナ……。そうか、俺の番《つがい》の名は、フィリシーナというのか」

「え……？」

そういえば先程から連呼されてる番《つがい》って、まさかあの番《つがい》じゃ……

いや、それはないでしょう。

「……そうか。留学生ならまず番《つがい》についての説明を――」

「え、あの。番《つがい》って、あの番《つがい》ですか。ゼロ国特有の恋愛事情の」

「あぁ。そうだ。良かった、知っていたのか」

「えぇ、まぁ。知ってはいます。知っては……」

「なら話が早い。フィリシーナ、君は俺の番《つがい》なんだ」

「えっ………？」

「突然で驚くのも無理はない。なにせ、俺自身も驚いている」

「失礼ですが、何かの間違いでは……？」

「それは絶対にないな。俺の五感全てが告げている。目の前にいる………フィリシーナ、君こそが俺の番《つがい》だと」

「…………」

この状況にどう対処するべきかわからず、固まる。

番《つがい》についてシンから聞いたときも、叔母様から聞いたときも、自分には関係ないことだと思っていた。

それなのに。自分が目の前にいるこの人の番《つがい》だなんて全然信じられない。戸惑うことしかできないなか、男性は優しく微笑む。

「いきなりこんなことを言われてすぐに受け入れるなど、難しいことだ。だから、まずは俺のことを知ってほしい」

話を聞くくらいなら、今の私にもできる。おそらくこれは彼なりの気遣いだ。

「そう言えば、まだ名乗っていなかったな。俺はセルネスド・ゼロ――この国の王をしている」

「こ、国王陛下!?」

「そんなふうに驚かれるのは久しいな。とても新鮮だ」

「そ、そうですか……？」

高貴な方ではないかと思っていたけれども！　まさかの国王陛下……国のトップだったとは。

衝撃が重なり過ぎて、話についていけるか不安だ。

「俺は獣人の血を濃く引いている。だからこの見た目だが、今はもう六十歳だ」

「全然そうは見えません……」

「あぁ。我が王家はエルフの血を引いていて、一定まで成長するとその後の外見は変わらない。……人の歳で言えば、老人の仲間入りだが、俺はまだ人生の折り返しくらいだ。あと六十年は余裕で生きられるだろうな」

シンが言っていた話と合致する。血が濃すぎる獣人は生きる年月も長いと言っていたが、まさかここまでとは。

「獣人の血が濃ければ濃いほど番《つがい》の存在は大切になる。俺にとって番《つがい》は必須だった。昔は国をあげて番《つがい》を探したこともあった。だが、見つからなかった。有名な預言者に、貴方には番《つがい》は存在しないと言われたこともある。稀《まれ》にそういった者もいるが、自分がそうだと信じることはできなかったのだ」

そこで国王陛下は一度言葉を切ってうつむき、少し苦しそうな表情になる。私の手を握る力がやや強まった。

「それでも時が経つにつれ、段々とまだ見ぬ、存在しないかもしれない番《つがい》への執着は薄れていった。……俺はあのとき、諦めた。だからといって俺は、ほかの者を愛することなどできなかった。だから王位は自身の子ではなく、弟に任せるつもりでいた。……俺は遠い昔に生涯独身をつらぬく覚悟を決めたんだがな」

柔らかい眼差しを感じる。ふと目を上げ視線が合う。

そんな些細なことなのにすごく緊張してしまう。

「長い年月を経て、君を見つけたんだ。フィリシーナ。俺の番《つがい》は存在していた。それが君だ」

「お気持ちは……嬉しいのですが、私には婚約者がいて」

長い間一人で過ごして、もう現れることはないと思っていた番《つがい》が私だなんて……その上身分はこの国の王。

……駄目だ、彼は背負うものが多すぎる。それに、私には不仲であろうと婚約者がいる。たとえこの国の王であっても、婚約者持ちではどうしようもないのではないだろうか。

「そうか。だが、断る理由としては不十分だ」

「えっ……？」

「フィリシーナ。獣人にとっての番《つがい》という存在は、そんなことで揺らぐような脆《もろ》いものではない。何を犠牲にしても構わない。どんな手を使っても、結ばれる望みがあるのなら手を尽くす。自身の全てさえかけられる――――そんな存在だ」

今までになく、真剣な眼差しを向ける。

「それに、どうやら、婚約者とは上手くいってないようだが？」

「どうしてそれを……」

「国が変わっても、恋愛の事情はそう大きく変わらないだろう……。それなら、仲の良い婚約者ならば、贈り物のアクセサリーくらいつけているだろう？」

「それは……」

確かにユエン殿下にアクセサリーを贈ってもらったことは一度もない。

「それに、可愛らしい反応を見られたのは良かったが……異性への耐性がなさすぎじゃないか？」

少し意地悪そうに微笑む姿は、全てを見透かしているように思える。それに彼の番《つがい》への想いの強さを感じた。

「だからフィリシーナ。もし少しでも俺に君の傍にいる権利を手に入れるチャンスがあるなら、これを逃したくない。そうでないのなら………今ここで突き放してほしい」

「そんな、いきなり……」

「強引だという自覚はある。でも、そこまでしても俺は君を放したくないんだ。それに」

「それに……？」

「君も俺を大いに利用すれば良い。もしも、今の婚約を望んでいないなら、君に手を貸すことができる」

「え……？」

「これでも俺は国王で、君はその番《つがい》だ。君がどんな状況にあろうと、婚約を解消する十分な理由になる」

「ですが、私の婚約相手にも事情があります。それに仲は悪くても、私がこの婚約を大切にしてるとは考えないのですか？」

「それはないな」

「どうして……」

アクセサリーなどから不仲とわかっても、そこまではいくらなんでもわからないはずだ。なのにどうしてそう言いきれるのだろうか。

「フィリシーナ。君は自覚がないようだけれど〝婚約〟や〝婚約者〟という言葉が出る度、かなり表情がくもっていた。あまり良く思っていない証拠だと思ったんだが……違ったか？」

「……そんなに私、顔とかに出てました？」

「あくまでも雰囲気だ。何年も王をやっていれば、真意を読み取ることなどたやすい……それを意識的に行えば、なおのこと」

私には陛下は威厳に満ちた態度で絶対的な存在感がある——ということしかわからない。

だけど、陛下はこの短時間でかなりのことを見抜いている。恐るべき方だ。

「今すぐに恋愛対象として見るのは、無理だろう。だから、利用する相手だと思ってくれて構わない」

「一国の王を、そのように認識するのはさすがに……」

気が引けるというものだ。

「むしろ、フィリシーナ。君が、俺を利用して婚約を解消したいと望んでくれることは俺の願いでもある」

「……強制はしないんですね」

「当然だ、フィリシーナの意思を尊重する」

これもシンが言っていた気がする。番《つがい》を大切にする……と。

どうやら本当みたいだ。

「……どんな風にでも構わない。俺を見てほしい。そして、どうか俺に機会を与えてくれないだろうか。君を振り向かせる機会を——」

ここまで真剣に言われて、無下にするのは難しい。

一体どうすれば良いのかと悩んでいると、叔母様の言葉を思い出した。

どうか、突き放さずに向き合ってほしい——

出会ってすぐで、私が国王陛下をどう思っているかはわからない。けれど初めてここまでアプローチをされて、恥ずかしいけれど嬉しい。少なくとも嫌いとか苦手とは思わなかった。

それに、国王陛下が頑張る機会を私が奪う理由はどこにもない。

「私は婚約者はいますが、恋愛はしたことがないので好きという気持ちはわかりません。それでも獣人の血を引く者の番《つがい》である叔母を見て、彼らにとって番《つがい》がいかに大切か、わずかながらですが理解しているつもりです。だから、私も私なりに向き合おうと思います」

「――っ！」

言葉よりも先に、陛下は動いた。

そうして私を抱き締めた腕は少しだけ震えていた。

「チャンスをくれてありがとう。何よりも君を大切にする」

「……気が早いです」

もしも、これで悩みの種であるユエン殿下との婚約問題が解決するのなら嬉しい。

そして、予想もしなかった恋愛も頑張ってしてみたい。

そんなこんなで話し込むこと一時間。いよいよ舞台が始まる時間が迫ってきた。

まずい、急いで先生のところへ戻らねば。

「あの……国王陛下？」

緊張しながら呼び掛けると、彼は表情を曇らせた。

「…………その呼び方は嬉しくないな」

「え？」

「愛しき番《つがい》には、名で呼んでもらいたい」

「ですが……」

「駄目か？」

これは呼ばないと解放してもらえないやつだと悟った。

とにかく戻らないと、と焦って、畏《おそ》れ多いことながら呼ばせてもらった。

「……セルネスド様？」

「ふむ。……………今はそれで許そう」

含みがあるが、気のせいだろう。それでも満足したようだった。

「……フィリシーナは、家族や親しい者には何と呼ばれている？」

「私は基本、シーナです」

「そうか…………なら俺はフィナと呼ぼう。俺だけの愛称だ」

その呼び方には多少違和感があるものの、セルネスド様が嬉しそうなので受け入れることにした。

「あの……」

「どうした？」

「そろそろ客席に行かないと……開演してしまいます」

「そうだったな」

「行き方がわからないので、ついて行っても良いでしょうか」

「もちろんだ。……では、会場までエスコートしよう」

差し出された手を取らないことには、方向音痴の私が会場に辿《たど》り着く術《すべ》がない。

「あ、ありがとうございます」

「……では、行こうか」

立ち上がり、すぐに舞台の方へ向かってくれたのはとてもありがたいのだけど…………

手を当たり前のように、しかも手指をからませる恋人つなぎで繋ぐのには、動揺した。

「……フィナ」

「はい」

「これを……記念に貰ってくれないか」

そう言って渡されたのはセルネスド様の瞳と同じ韓紅《からくれない》色をしたペンダント。小ぶりなものではあるが、至る所に宝石で細工が施されており、よく見るとそれは花の形をしていた。

「え……こんな高価なもの」

「持っていてほしい。……番《つがい》にいつか渡そうと、ずいぶん昔に作らせたものだ。もう誰にも渡すことはないと思っていたが――」

受け取るか躊躇《ちゅうちょ》したが、良い断りの言葉が見つからず、とりあえず受け取ることにした。

「……ありがとうございます」

貰って終わるはずもなく、セルネスド様が期待するように私を見る。着けるつもりはなかったが、流されて自分の首へかけてしまった。

「……似合っている、とても」

「ありがとうございます」

「……ここを進めば会場に着くが――」

セルネスド様が繋ぐ手を強く握りしめる。

「こんなにも離れがたいのだな。少し離れるのも苦痛だ」

「………………」

何も言えずにいるとセルネスド様が提案してきた。

「フィナ。この舞台の後、もう一度会って今後についていろいろと話させてほしい」

「それは、もちろん大丈夫です」

「なら良かった。……では、また後で」

名残惜しそうに私の手を見つめる。

だが、開演時間が迫っているので、あまり悠長にしていられない。すると、セルネスド様はようやく手を放した。

「ご案内くださり、ありがとうございました」

お辞儀をしてその場を去る。

先生が心配しているだろうと思い、早足になった。

番《つがい》だの国王だの、突然言われて私の頭の中はこんがらがってほどけない状態だ。

急いで通路を進む。会場の入り口に先生が立っていた。

「フィリシーナ嬢……！」

「先生、お待たせしてすみません」

「大丈夫。それよりフィリシーナ嬢、何かあった？」

「いろいろありました……話したいんですけど、開演まで時間ないですよね？」

「少しならあるわ。ざっとで良いから教えて？」

ニナ先生はホールにかけられた大きな時計を見つつ言った。

「えっと……お化粧室から出たら道に迷ったんですけど」

「迷ったの、あれを……？　もしかしてフィリシーナ嬢はかなりの方向音痴……」

普通の人は、迷わないかもしれないが、私は違う。

「はい、方向音痴です。恥ずかしながら認めます。……それでですね、その後、なんとか階段を見つけて上がっていくと部屋がありまして、そこに入ったら私を番《つがい》だと言う人に会いました」

ざっくりと言いすぎて、もはや単語しか伝えられていない気がする。

「部屋って一体どこの――。ちょっと待って。今、番《つがい》って言った？」

「はい。番《つがい》です」

「………フィリシーナ嬢」

「はい？」

「それはかなりの一大事だよ、舞台なんて見ている場合じゃない」

「え」

「詳しく話を聞かせて」

「で、でも先生、舞台が。ご友人の主催では」

「私なら大丈夫。後で何とでも言っとくから。そんなことより、今はフィリシーナ嬢の話の方が重要。談話室があるから、そこに行くよ」

「は、はい」

思っていたよりも事は重大だった。

先生の言う部屋へ移動し、説明する。

「それで。相手の名前は聞いた？」

「……この国の王、セルネスド・ゼロ陛下です」

その瞬間、先生は彫刻のように固まった。

「……嘘でしょ」

「私も信じられません」

「……でも、いや、あー……なるほど、そういうことか」

先生は一人、納得している。

「先生？」

「私の一度目の人生ではね、私が死ぬまで国王陛下には番《つがい》は現れず、独身を貫いていたの。だから、二度目も私が死んだ年までは同じだと思っていたけど……。フィリシーナ嬢なら納得」

先生の一度目の人生では、フィリシーナはゼロ国へ来ない。

だから国王陛下には番《つがい》が存在しないことになっていたのだろうか。

「何かこの世界を歪《ゆが》めるような、まずいことをしてしまったのでしょうか」

「そんな大袈裟なことじゃないと思うけど。でも、番《つがい》が現れることは決して悪いことじゃない。むしろ奇跡的なことだし、陛下にとっては言葉にできないほど喜ばしいことのはずよ。だからそういう心配はしなくていいと思うわ」

「はい……！」

いつになく真剣な先生を見ると、すごく安心する。

「待って」

「どうしました」

突然、先生の声色が変わる。

「ねぇ、フィリシーナ嬢。それ……そのペンダント。もしかしてさっき陛下に賜《たまわ》った？」

「え、はい。陛下が番《つがい》のために少し前に作らせたものだとか。いただくか躊躇《ちゅうちょ》したんですけど、時間もなかった上に、身につけないとあの場から離れられない雰囲気だったので……」

「なんたる策士……」

「え？」

「なんでもないわ。……そのペンダントすごく高価なものね」

「やっぱり……そうですよね」

初めての贈り物がこんなに高価なもので良いのだろうか。

後で会えるならそのとき返そう、そう思って外そうとしたが……

「え……外れない？」

「……外れないと思うわ」

「え、どうして――」

「そのペンダントは王家に代々伝わる技術で作った物よ。一度つければ贈り主しか外すことはできない。……番《つがい》を見つけた王族が、見失わないように作らせるのよ。だから、どこにいてもそのペンダントがある限り、フィリシーナ嬢の居場所は国王陛下に筒抜けね」

「そ、それは……なんというか、その」

「相当重いわね」

言葉を濁しているうちに、ズバッと言ってしまうあたり潔くて先生らしい。

「……フィリシーナ嬢。これだけ聞くと国王陛下がかなりやばい方に聞こえるけれど、私からするととっても理性的な方だと思うわ」

「理性的、ですか？」

「えぇ。フィリシーナ嬢は知らないと思うけど、ゼロ国の番《つがい》事情はもっとひどい場合だってある。貴族が平民の番《つがい》を出会い頭に連れ去ったり、監禁したり、さらには相手を洗脳したりする話も聞くけど……。犯罪のように聞こえても、番《つがい》というだけで美談になる事例なんていくつもある。なんというか、それがゼロ国の暗黙の了解なの」

「ですが……シンは、獣人の血を持つ者は番《つがい》の意思を尊重すると。現に叔母様達はそうでした」

「……そう見えるだけよ。確かに意思を尊重する人もいる。ソムファ侯爵のような愛し方だってある。……でも、愛の形や重さは人それぞれ。だから良好な関係ばかりでもないのよ……シンは、フィリシーナ嬢が誰かの番《つがい》だなんて思いもしなかったのよ。王都にいるのはそういった良好な関係の方々ばかりだから、わざわざ暗い部分を伝える必要はないと考えたんじゃないかしら」

「確かに……」

そうなのかもしれない。

「私は一度目も二度目も国王陛下と関わったことがないから、どんな方か存じ上げなかったけれど……。想像よりも番《つがい》に配慮してくださる方のようね」

「先生の話を聞いて、何だか安心しました」

「そっか」

先生と出会ってからそんなに時間をともにしたわけではないけれど、不思議な共通点のお陰で、心の距離が縮まってとても頼りになる存在だ。

「先生、気になることがあるのですが」

「どうした？」

「この国にとって、番《つがい》というのが特別なのはよくわかりました。……もし仮に、私が陛下を受け入れてこの国の王妃になったりしたら、多くの人が騒ぐのではないですか。番《つがい》とはいえ、祝福されるのでしょうか」

「それに関しては絶対に大丈夫。今の国王陛下は人望があるし、今まで独身を貫いてきたから、むしろ歓迎すると思うよ。……賢王と呼ばれるほど慕われる方だから、幸せになってほしいと願う国民は多いはずよ」

まさかの歓迎ムードなのか。

……これが国の違いか、と改めて感じる。

「先生、実はこの後もう一度陛下とお会いする約束をしたんです」

「なら、私も同席する」

「えっ」

「当たり前でしょう。ソムソァ侯爵夫妻もシンもいない今、フィリシーナ嬢の保護者は間違いなく私よ。それに、国王に怯えて大事な教え子を見捨てて帰るような薄情者ではないからね」

「……ありがとうございます」

実は少し緊張していたが、先生が隣にいてくれるなら心強い。

「国王陛下自身はフィリシーナ嬢と二人で会いたいでしょうけど。でも同席させてもらうわ。心配事だらけだからね」

そう言って困ったように笑う先生は、本当の家族のように感じられた。

気づけば時間が経ち、舞台が終わった頃。

「そろそろ舞台が終わりますよね。探しに行った方が……」

「大丈夫。そういうときのためのペンダントだと思うから」

「あ、なるほど」

先生の予言通り、直後にノック音が響く。

「ほら、来たわ」

そして、セルネスド様が部屋へ入って来る。先生が淑女の礼を取る。

「お初にお目にかかります国王陛下。フィリシーナの保護者代わりのニュミニーナと申します。今回の話し合いに同席してもよろしいでしょうか」

「…………あぁ。許可する」

一瞬残念そうな顔をしたが、瞬時に切り替えたようだ。

「彼女より話は聞いておりますが、無礼を承知で、今一度確認させてください。……フィリシーナは本当に陛下の番《つがい》でしょうか」

「間違いない」

力強い言葉で肯定する。

先生は元公爵令嬢なだけあって、気品のある所作だ。

「わかりました。お伺いしたいことがいくつかございます。よろしいでしょうか」

「あぁ。それを話すために来た」

「では。……これから、フィリシーナとどう接していくおつもりでしょうか」

「フィナにせっかく貰ったアプローチの機会を無駄にしたくない。そこでフィナに頼みがあるのだ」

陛下は言葉を切り私を見た。

「頼み、ですか？」

「あぁ。俺はこの機会を絶対に逃せないが、国王としての仕事がある以上、今フィナが住んでいる場所へ通うのは厳しい。だから、留学生として王城で過ごしてほしいのだ」

「えっ……!!」

予想外すぎる提案に開いた口が塞《ふさ》がらない。

「王城で過ごしてくれれば、後は何も望まない。ほかは自由に行動してよい。そこからは俺が努力をする番だからな」

確かにセルネスド様と離れて暮らせば会う機会はそれほどないだろう。

国王であるために多忙であることは間違いない。それを考えると、セルネスド様がひどく残酷な状況にあることがよく理解できた。

「その……私が王城で過ごすことは迷惑ではないのでしょうか」

「そんなことはない。ほかの誰でもない俺の番《つがい》だ。丁重にもてなすつもりだ」

王城、しかも他国の城で暮らすことなど、考えたこともない。

「フィナ。もちろん強制はしないし、拒否権だってある。だが前向きに考えてほしい」

そう言われると、まだシンと暮らしていたいと思う。

でも、機会を与えることを許可したのは私だ。

寂しいけれど、言ったことの責任はとるべきだと思い、了承することに決めた。

「…………わかりました」

「本当か！」

「フィリシーナ嬢、それでいいのね？」

確認するよう尋ねるニナ先生。私はうなずいて見せた。

「はい……大丈夫です」

それ以外は自由だと言うのなら、身構える必要はない。丁重に扱うという言葉を信じよう。

「頼みを聞いてくれてありがとう、フィナ」

「いえ……」

「今すぐにでも連れて帰りたいが、フィナは留学生なら世話になっている家があるだろう。事情を説明しなければならないから、俺もそこへ挨拶に伺いたい。フィナはどの家にいるのだ？」

「あ……ソムファ家です」

「そうか。なら明日訪問する伝令を出すとして……明後日、挨拶に伺うとしよう」

「わかりました」

展開が早すぎてうなずくことしかできない。

「……ではフィナ、また」

「はい」

終始セルネスド様は愛おしそうに見つめるのだが、恋愛初心者の私は、恥ずかしさに耐えるのがやっとだった。

こうして、出会った日のセルネスド様との話し合いは終わりを迎えた。

陛下を見送ろうとしたら逆に私が見送られ、途中でニナ先生とも別れて王都にあるシンの家へ向かった。

家に着くとすでに遅い時間。シンは自分の部屋でなくリビングのようなスペースで座って寝ていた。

すぐにでも話したかったが、寝起きに話すことでもないと思い、明日話すことにした。シンを起こし、自分の部屋で寝るように言った後、私も眠りについた。


そして翌日――

「なんですって⁉」

家の中では朝からシンの声が響いていた。

「…………」

私を番《つがい》だと言う人が現われたと告げると、予想以上に驚いた。

「シ、シーナが誰かの番《つがい》だっただなんて…………」

シンはそんなこと、思いもしなかっただろう。

当事者である私でさえ、考えたことはなかったのだから。

「…………取り乱してごめんなさいね。あまりのことに驚いたわ」

「ううん、大丈夫」

「……昨日は貴族の集まる公演よね……？　そのシーナの番《つがい》というのは、一体誰なの？」

「………セルネスド国王陛下……です」

「………え？」

やはり相手の名前にもかなりの破壊力があるようだ。

「だから……セルネスド……国王……陛下」

「あら、幻聴かしら？」

「ううん、幻聴じゃないよ」

「嘘でしょ？」

「いや……本当」

「…………」

ついにシンは絶句してしまった。

「………………」

続く沈黙。シンは状況を把握するのに時間がかかりそうだ。

「国王………」

「うん……」

「まさか……シーナが………国王陛下の番《つがい》だなんて……」

「……自分でも驚いているよ」

「そうよね……でも、思えば国王陛下にはずっと番《つがい》がいなかったわね。……陛下には番《つがい》は現われないと言われていたけど……そんなことはないのね」

セルネスド陛下と似たようなことを言っている。

その理由を理解できるのは、おそらく、この世界では私と先生だけだろう。

「ところでシーナ。これからについては何か決まっているの？」

「それなんだけど、実はね、王城で暮らすことになって――」

経緯を細かく説明する。

「……せっかくシンと楽しく暮らせる予定だったけど。まさかこんなことになるなんて思わなかった……。振り回すことになってごめんなさい」

「そんな、謝らないで。これぱかりはシーナが悪いわけじゃないわ。……大変だったでしょう。留学するために来たはずなのに、こんなことになるなんて」

「……シン」

「無理しちゃ、駄目よ。辛いときは辛いって言うのよ。シーナ、なんでも自分のせいにして気負っちゃうから心配だわ」

「そんなことないよ……」

この短期間でそこまで見ていてくれたなんて。

「国王陛下、どんな方だった？」

「すごく威厳があって、最初は怖くて動けなかったよ」

「ちょっと、それ大丈夫なの！」

「でも番《つがい》だってわかって、話してみたら少しだけ陛下がどのような方か見えた気がする。……すごく優しくて、私の意思を尊重してくれる。あと、人を見抜く力がすごかった。本人は何年も王をやっているからって仰ってたけど、きっと王として努力なさったんだと思う。他国の人間が少しの間、見ただけでも、良い王なんだってわかった」

だから大丈夫な気がする。

「聞く限り、大丈夫そうね……」

私にとってこれはある種の賭けだ。

フィリシーナ・テリジアとして生き延びるには、ユエン殿下との婚約の話は避けては通れない。もう破棄することは不可能かと思ったが、奇跡的な出会いで光がさしてきた。

セルネスド様は自分を利用するようにおっしゃったけれども、せっかく番《つがい》という関係なら、私からも歩みよるべきた。頑張って恋愛とやらに向き合ってみよう。

もし、二人の仲が上手くいけば、この賭けは成功する。

「シン、私、頑張って自分なりに陛下と向き合ってくる」

「よく思えるわね」

死亡フラグだなんだという事情は話せないが、少しだけ言えることがある。

「シンや叔母様のお陰よ」

「あたし達？」

「うん。シンが番《つがい》について教えてくれて、叔母様という前例があるから、どこか安心できるの」

なぜなら叔母様はとても幸せそうだった。

「だから、なんだか大丈夫な気がして」

「……ふふっ」

なぜか笑い出すシン。

「私、何かおかしなこと言った？」

「ううん。シーナのそういう前向きなところは、とても大事だと思っただけよ」

笑われたかと思えば褒めるのだから、シンは読めない。

「……じゃあ、母様にも伝えにいかないと」

「そうだね！　シンに話した後で行こうと思っていたの」

「急いで準備するわよ‼」

ソムファ家へ行ってことの成り行きを伝えなければ。

支度を終える頃、家のチャイムが鳴った。

「先生！」

「昨日ぶり、フィリシーナ嬢。シンは？」

「多分、まだ準備をしています」

「了解。昨夜話していた通り、今朝一で馬車の手配はしておいたから、もう少しで来ると思うよ」

「わざわざありがとうございます……」

「ううん。……フィリシーナ嬢。何かあったら私のところに帰っておいで……難しいかもしれないけど。無理はしないでね？」

「はい、ありがとうございます、先生」

「いや……これくらいしかできないから」

「そんなことは……先生こそ、無理はなさらないでくださいね」

「うん。ありがとう」

先生とはもう会えないような気がしてきた。

最後の挨拶になるかもしれない……

「お待たせ！　準備終わったわ。…………あら、ニナ」

「馬車の手配はしておいたよ」

「まぁ、ありがとう」

「礼には及ばないよ。さ、行っておいで」

「行ってきます」

こうして、私達はソムファ侯爵家へ向かった。


侯爵家に着くと、当然だがいろいろな人に驚かれた。

「まぁ。突然どうしたのシン、シーナ」

ローゼ叔母様は驚きながらも、温かく迎えてくれた。

「実は、今すぐお伝えしなくてはいけないことがありまして」

「そうなの？」

「はい」

「なら、応接室に行きましょう。……シン、貴方はどうする？」

「あたしは……せっかくだから父様の仕事でも手伝ってくるわ」

「わかったわ」

そうして以前も使わせてもらった応接室へ通された。

「それで？　どうしたの、シーナ」

「実は――――」

私を番《つがい》だと言う人がいたこと。その人はこの国の王であること。そのため、これから王城で暮らすように要請されたこと。婚約の話まで、全て順を追って話した。

「…………なるほどね」

「はい。本当に急な話になってしまい、すみません……」

「いえ、全く平気よ。それに……この話を前もって察知することは不可能でしょう？　……だから気にすることは全くないわ」

「はい……」

「それよりシーナは大丈夫？　突然のことばかりで、頭が追い付かないでしょう。しっかりと自分の気持ちはついてきてる？」

「……はい。大丈夫です」

叔母様の温かい気遣いが胸に染みる。

「まるで……留学当初の自分を見ているみたいだわ……」

「それで、もし良ければ、何かアドバイスをいただければ……と思ったのですが」

叔母様にしかわからないことが多いと思う。

教われることは教わっておきたい、そう思って尋ねてみた。

「そうね。……少し私の話をするわね」

恥ずかしそうに微笑むと、叔母様は優しく語り始めた。

「私が留学した頃、あの人は国内の留学を一手に扱うお役目をしていたの。ゼロ国に到着してほかの留学生と一緒に顔合わせを行ったの。それが出会いね」

「ほかにも留学生がいたんですね」

「私はフィリシーナと反対に留学するタイミングが例年より遅かったの。……父の許可が出なかったから。兄様から聞いたかしら。勘当されたって」

「はい。二度と敷居をまたぐことができないって」

「そうなのよ。大喧嘩して、結局認めて貰えないまま留学したのよね」

そう苦笑する姿からは喧嘩をしている様子など想像もつかなかった。

「兄様は少し呆れながらも応援してくれたわ」

今度はしっかりと想像できた。というか似たような場面があった気がする。

「……それで初めてあの人と対面したのだけど、食い入るように見つめてきたわ。そのときは気のせいって思うことにしたけど」

　ソムファ侯爵と対面した機会は少ない。……それなのにその様子が容易に想像できる。

「その後、いつの間にかあの人はいなくなっていた。説明が終わって各自お世話になる家へ行くことになって、馬車を待っていたの。周りの子が出発するなか、私だけなかなか来なくてね。一人静かに待っていたら……馬車よりも先にあの人が来た。息を切らしていてね、何してるんだろうって思ったくらい。そしたら近づいてきて、じっと見つめるの。ただならぬ雰囲気を感じて、来た瞬間すぐに下を見てたんだけど……それでも居たたまれなかったわ。しばらく沈黙が続いて、ようやくあの人が口を開いたの」

「……何を言ったのですか？」

「どうか顔を上げて目を見てくれませんかって」

「目ですか？」

「あのときは知らなかったけれど、今考えるとあれは番《つがい》か否かの確認だったと思うわ」

　そういえばシンがそんな話をしていた気がする。

「私の場合は目を合わせることが確認の手段だったけれど、話を聞く限り、シーナは声だったんじゃないかしら」

「声………」

　どちらもとてもロマンチックな情景だ。まるで物語に出てくるような話だが、それに憧れを抱いた訳ではない。だからむしろ──

「良い迷惑、でしょう？」

「…………そうかもしれないです」

「あら、シーナ。遠慮しなくていいのよ？　はっきり言っていいんだから。だってあの人も国王陛下も自分の勝手で人の留学生活を著《いちじる》しく妨害してるんですもの」

「ぼ、妨害……」

「そういうことよ？」

穏やかだけれど、有無を言わせない口調だった。叔母様の強《したた》かさが垣間見えた瞬間だった。

「あ、あの。それで目を合わせたらどうなったのですか？」

「何も言わずにいきなり抱きしめられたわ」

「…………」

自身の出会いを振り返ってうーんと唸《うな》る。

「…………どの方も同じみたいね。一概にはいえないけれど、獣人の血を引く彼らにとってはこの上ない奇跡で幸福なのよね」

「叶うことの方が少ない夢のような話……」

「ええ。…………だからといって許されることではないけどね？」

叔母様、目が笑っていません…………！

「まあ……そこからとんでもない量のアプローチが始まったのは言わずもがなよね」

「…………例えばどのような」

「とにかくつきまとわれたわ。なぜか私のスケジュールを知っていてね。行く先々に現れるものだから、段々それが当たり前みたいな。感覚が麻痺してくるのよね」

「慣れという恐怖……」

「そうね。…………でも、どうしても嫌と思えないの。番《つがい》というものの重みを知るとね、無下にはできなくなるのよ。この人には本当に自分しかいないんだって。そこで番《つがい》であることの重さを初めて感じたわ。……もともとそんなことに頓着するような人間じゃなかったのよ？　勘当されても自分の夢を追い求めるような、自分第一の人間だったの。だけどいつの間にかあの人に感化されたのかも。ほかに見向きなんてしない、ただ一点、番《つがい》を……私だけを見て望みがある限り決して諦めない。…………そんな姿を延々と見せられたら、意識せざるをえなくなったわ」

「…………」

「それでも頑なに拒否し続けたの。留学生としてやるべきことがたくさんあったから、集中したかったしね。とにかく拒んだわ。…………それでも諦める気配はなかった。だから酷い言葉を投げつけたり、何度もあの人を振り回したりしたわ。でも変わらない。私が何をしようとあの人は私を思い続けた。……留学終了が近づいて来る中、パーティーが開かれたの。そこに招待されてね、パートナーはいらなかったのにあの人からエスコートを申し込まれたわ。当然のように断ったわ。そしたらそれを見ていた人達があの人を馬鹿にし始めたのよ」

「えっ…………」

「まだ諦めないのか、馬鹿馬鹿しい、無駄な努力をってね。あの人が何も言い返さない姿をみて察したわ。彼らはうらやましかったんでしょうねきっと。あの人があまりにも反応しないものだからどんどん言葉が悪くなっていったの。そして遂には、彼女はお前の番《つがい》ではないのでは、と笑い始めた。そんなことまで言われてもあの人は微動だにしなかった。でも、あの人の顔や雰囲気が静かに変わっていったの。初めて見た顔だった……………すごく似合わないって思った。同時に私の目の前でそんな顔しないでって思った。そこでずっと越えなかった境界線を越えてしまったの。それまで抑えていた気持ちが溢れたみたいだった——それで言ったの」

幸せそうでどこか照れを感じる微笑み。

「その顔は嫌いです、私のエスコートをしてくださるなら直すべきですね…………ずいぶん遠回しな言い方だったからあの人、理解するのに少しかかったわ。でも、理解した途端にふわって笑ったの。あの嬉しそうな顔はきっと忘れないわ」

それは叔母様にとってかなり大きな決断でもあっただろう。

「そこからはあっという間よ。私が素直になったら、話が進むのが速かったわ。……ここから先の話は惚気《のろけ》になっちゃうから控えるわね」

そう言うと叔母様は一息ついた。

「結論を言うとね、どんな時も自分の気持ち第一よ。相手側に確固たる意思があれば必ずそれは行動に表れる。自分から無理に変わる必要なんて少しもないわ。受け身でいいのよ受け身で」

言葉の一つ一つに強い説得力を感じる。

「シーナが国王陛下を好きになれるかどうかは完全に国王陛下次第だと思うわ。だから、あまり深く考えなくていいし気負う必要なんてないのよ。今から決まっている正しい道なんてないんだから。シーナがもし仮に婚約者を選んでも、それは決して間違いではないのだから。……番《つがい》の相手が相手だから荷は重いと思うけど、気楽に考えてみて。自分の気持ちに素直に……ね？」

叔母様の言葉には経験者の重みがあってすごく励みになる。そのおかげか、何だか一気に肩の力が抜けた気がする。

「ありがとうございます……！」

「ううん。……頑張りすぎないでね」

私のことを娘のように心配してくれる叔母様。その優しさがとてもありがたかった。

「……失礼いたします」

「あら爺や。どうしたの」

「……奥様、王城より伝令です」

そう言うと、爺やさんは叔母様に一枚の手紙を渡した。セルネスド様がここにいらっしゃる報せだ。

「ありがとう。……急いで返事を書かないとね」

「こちらに準備ができています」

「流石《さすが》だわ爺や」

叔母様はセルネスド様がいらっしゃるので、準備をするようにと指示をし始めた。

「さぁ、シーナはゆっくり休んで。明日に備えて支度もしないといけないけれど」

「それならあたしが手伝うわ」

応接室に顔を出したシンは仕事関係をエディドさんに任せて、私の方を手伝ってくれるようだ。

慌ただしい時間を過ごしていると、日が暮れるのはあっという間だった。

用意された部屋のベッドに腰を下ろす。

叔母様の話はとても有難いものだった。

その話を踏まえて今後を考えようとしたとき、どうしても引っかかってしまうものがある。それは、ゲームの強制力だ。例えば叔母様のような素敵な恋愛ができたとしても、いつかそれがすべて無駄になってしまうのではないか。

「はぁ……」

でもシナリオに抗《あらが》い続ければ、いつか悪役令嬢ではなくただのフィリシーナとして生きられるのではないかとも思う。

「元はと言えばそのために留学を選んだのだし……」

それならば、悪い方にばかり考えず自分の気持ちを大切に進んでみよう。

……だとしてもやっぱり不安だ。というか無理な気しかしない。

番《つがい》。話を聞いた後だとすごく重い。自分の人生に他人の人生を巻き込むのは望まない。下手したら人生台なしでは済まないかもしれないのだ。これだけで今の自分にはかなりの重荷なのに……問題はそれだけじゃない。いまさらだが、なぜ相手が国王陛下なのだろうか。しかも異国の。一応王妃になるための教育は長年受けてきた。けれどサン国とゼロ国では何もかも違う。教育のレベルも国の持つ力も。挙げたらきりがないほど二国の間には格差がありすぎる。生まれた格差はきっと努力だけでは埋まらない。もし悪役令嬢でなくなり、ただのフィリシーナになれたとしても、ゼロ国の王妃なんて荷が重すぎる。

「どちらに転んでも結局私の人生ハードモード…………」

神様、私は何かあなたに恨まれるようなことをしたでしょうか。そう思わずにいられない。

そんな時、部屋にノック音が響いた。

「シーナ？　入ってもいいかしら」

「ど、どうぞ」

シンの声にはっとして立ち上がる。

「しばらく会えなくなるでしょう？　だから少し話しておきたくて」

「……………うん」

「いろいろ悩んでいたみたいね」

「え？」

「そんな雰囲気だったわよ？」

「…………そっか」

出会って間もないというのに、なぜかシンの隣は安心する。血がつながっているからだろうか。

「思い悩むくらいなら話してちょうだい。少しは楽になると思うわよ？」

「頼って欲しいわ。出会って間もないとはいえ従兄《いとこ》なんですもの。それに、今のシーナすごく無理しているように見えるわよ？　あたしですらわかるんですもの……」

「でも……」

心から心配している――そんな顔を見ていると思わず涙腺が緩む。

「番《つがい》のこと……初めてシンから聞いた時、ただゼロ国特有の文化だって思った。自分には関係ないって決めつけてた。だけど目の当たりにして、叔母様から話を聞いて……どうしていいかわからなくなったの」

「シーナ……」

「でもね、叔母様のような恋愛はとても素敵だなって思ったわ。壮大な物語のようにも感じた。自分もできるならそんな恋愛がしてみたいって……ほんの一瞬だけ。でもそんな恋愛は背負うものが多すぎて、きっと私にはできない」

相談できることもできないことも含めて――

「ほんの少し興味があるからって、期待させた後に投げ出すなんて駄目だよ。そんな相手の……国王陛下のお気持ちをもてあそんで踏みにじるようなこと、絶対したくない。考えれば考えるほど怖くなってきて……それなら、明日断る方が陛下のためなんじゃないかって……」

自分が助かるために賭ける策にしては、いろいろと取り巻くものが多すぎた。楽観的に考えてしまった昨日の自分を止めたい。

「……シーナ。一ついいかしら」

「うん……」

「深く考えすぎよ」

「え？」

「いいことシーナ。シーナが今のこの段階でそんなに難しく考えなくっていいのよ。もちろんそれは無駄じゃないけれど。でもそこまで深く考えるのは今じゃないわ。言われなかった？　受け身でいいって」

「言われた……」

「本当に言葉のまま、受け身でいいの。最初のうちは、シーナから何かする必要も考え込む必要も全くないのよ。理由は一つ。それが相手の――国王陛下の役目であり試練だからよ。父様だって乗り越えたんだから、陛下も幸せになりたいなら……シーナとともに未来を歩みたいのなら、うんと頑張らないとなの。陛下が何度もアプローチをして、そこでもしシーナの心情に変化が現れたそのときに考えるべきなのよ。シーナが陛下のことを本当の意味で考えられるようにするのが陛下のすべきことですから。いくら番《つがい》とはいえ、シーナにだって将来の伴侶を選ぶ権利があるわよ？　そのうえシーナはせっかくの留学生生活に水を差されたんだから、むしろ怒っていいのよ」

温かく力強い言葉が何度も胸を刺す。

「………でもねシーナ。最初から向き合わないで、拒絶するのは考え直して欲しいの。シーナが足を踏み入れるというより、シーナが陛下に試練に挑戦する機会を与えるって考えてくれないかしら？　その機会を与えられないのは陛下にとってきっと酷よ」

「そう……だね」

「でしょう？　でも、それだけ考えたってことはシーナは……案外もう陛下のこと……」

「え？」

「いいえ。なんでもないわ。……考え方を変えてみるのよ。そうしたら負担も減るはずだから。それに、王族としての面倒ごと云々は陛下に押しつけたっていいんだから」

「そうだね」

自然と笑いが込み上げる。シンが一気に背中を押してくれた。決して自分一人では見つけられなかった道に案内してくれた。もちろん叔母様の話もとても意味のあるものだった。けど、それとはまた違う話を……シンにしかできない話を聞けた。この二つの話は私がセルネスド様と向き合うときに必要不可欠となるだろう。

「……シンの言った通り、深く考えるのはやめにする。自分が思っているよりももっと受け身になって陛下と接してみる」

「その調子よ」

言葉にできない悩み事もそのとき考えよう。まだ何もしていないのに考えても答えなんて出る訳ないのだから。それよりも、今向き合わないといけないのは——セルネスド様だ。

「少しは気持ちが晴れたかしら？」

「うん、とっても！　ありがとうシン。シンがたくさんアドバイスをくれたおかげで、どうしたらいいかわかったよ」

「お役に立てたなら何よりよ。シーナ……そんなに最初から自分を追い込まないのよ？　無理しすぎも駄目。陛下だろうが嫌なことは拒否していいんだからね。まぁ、少しは母様を模範にしてもいいと思うわ。いろいろ聞いたのでしょう？」

「ええ。そうする」

「……大丈夫そうね。よかった」

「心配かけてごめんね」

「あら、いいのよ。だって…………家族でしょ、あたし達」

「……うん‼」

シンの言葉には安心させてくれる不思議な力がある。

「もう遅いし、そろそろ寝る時間ね。じゃあ、私はこれで」

「おやすみなさい」

「おやすみ」

シンをドアまで見送ると自分もベッドへ入った。

叔母様とシンの話を聞いて、もう少し気楽に考えようと思った。不確定な未来に怯えるのではなく、確かな未来を作れるように努力しよう、と。そう決意した途端、眠りにつくことができた。


そして翌日。

指定された時間になると、王が乗っているであろう大きな馬車がやって来た。

出迎えには私と叔母様が出る。馬車からはセルネスド様と、侍従の方が二名降りてきた。

「お初にお目にかかります、国王陛下。私はローゼ・ソムファ。留学中のフィリシーナのことは兄であるテリジア公爵から私が預かっております。今日はわざわざこんな遠方までお越しいただき、ありがとうございます」

「貴女がフィナの叔母殿か。……こちらこそ急な訪問を許していただき、感謝する」

叔母様は深いお辞儀をした。

「では、こちらへ」

その後叔母様は応接室へと国王陛下を案内した。

応接室では、私、ソムファ家と国王陛下が向かい合うように座った。

「それでは話を始めよう――」

陛下の一言から話が始まった。

内容は、私が陛下の番《つがい》であること。私が王城で暮らすこと。そして今後について。と、大体このような感じだった。

シンや叔母様が話を聞いて、私の身の安全や自由について尋ねて確認してくれた。

私のことを本当の家族のように扱ってもらえて嬉しかった。

話が一段落つくと、叔母様は立ち上がり、深々と頭を下げた。

「わかりました。姪を……フィリシーナをよろしくお願いします」

「もちろんだ」

話はまとまり、いよいよ私は王城へ向かうこととなった。

セルネスド様は先に行っていると告げて馬車へ向かった。

「シーナ、気楽にね。辛くなったらいつでも帰ってくるのよ！」

「はい！」

「手紙、送ってちょうだい。あたし待ってるからね？」

「うん、もちろんよ、シン」

叔母様に抱きしめてもらい、シンは頭を優しく撫でてくれた。

ここで過ごした期間は短いとはいえ、やっぱり離れるのは寂しい。

会えなくなるわけではないのだが、叔母様やシンが王城に来ることは滅多にないだろう。

「じゃあ……行ってきます」

ソムファ侯爵はその間、微笑んで私達を見ていた。

……叔母様に抱きしめられたとき、少し悪寒がしたのは気のせいだろう。

「今までお世話になりました……！」

その言葉とともにお辞儀をする。離れ難くなりながらも、陛下の待つ馬車へ向かう。馬車が二台あり、どちらに乗るのかわからなかったが、御者さんが教えてくれた。

「お、お邪魔します」

相手が国王だからだろうか、とても緊張する。

「フィナ……」

「ごきげんよう、陛下」

がちがちになりながらも、淑女の礼は忘れない。

「そんな堅苦しい挨拶はいらない。早くこちらに来てくれ」

そう言って、あっという間に私は陛下の腕の中に引っぱり込まれた。

「……二日ぶりのフィナだ」

「へ、陛下……そんなに強く抱き締めないでくださいませ」

「…………すまない、少しだけ許してくれ」

ますます強く抱き締める陛下。

「それに……陛下ではない」

すっかり忘れていた。あのときはその場凌《しの》ぎだったから。

「……セルネスド様」

「あぁ。……番《つがい》がこんなに近くにいるというのは、言葉にできないくらい嬉しいな」

傍にいるだけでそこまで喜んでもらえるのかと少し照れるが、いよいよ窒息しそうなので放してもらう。

「これからお世話になります」

「あぁ。何かあればすぐに言ってくれ」

「わかりました」

「……俺の大切な親愛なる番《つがい》。何があろうと、守り抜くと誓おう」

そう言うと私の手を取り、優しく甲へと口づけをした。

「――っ!!」

免疫ゼロの私は、頬が熱くなった。

「ふっ。アプローチしがいのある反応だな」

惚《とろ》けるような瞳で見つめられ、私は速くなった胸の鼓動を必死に静めていた。


王城へ着くと、私が使う部屋へ案内された。私の部屋は、代々王家の番《つがい》が使うとても豪華な部屋だった。気が引けるくらい綺麗な部屋だ。

広いのはもちろん、ベッドやソファーなど置いてあるものはとても高そうだった。

「今朝、念入りに掃除をさせたんだ。必要なものは揃っていると思うが何か欲しいものがあったらすぐに言ってくれ」

「ありがとうございます」

「フィナ、俺の部屋は反対側にある。何かあったらすぐに来てくれ」

反対側といっても建物の端と端なので、距離はかなりある。

「わかりました」

「あと、フィナの専属侍女を紹介しよう……入れ」

「「失礼いたします」」

そう言って、部屋に入って来た侍女はかなりの人数だった。

「え……あの、セルネスド様。私、自分のことは自分でできますから、こんなに多くなくて大丈夫です」

「そうか？　これでも足りないと思ったのだが」

「い、いえ！　この半分くらいで十分かと……」

私の専属侍女の数はそんなに必要ない。こんなにいても仕事がないだろうし、王城は広いからほかのことを手伝った方が良い。

「……半分で大丈夫なのか？」

「はい。それでも多いくらいです」

「わかった。フィナがそう言うなら、半分に減らそう。これに関しても何か不足があれば、すぐに言ってくれ」

「わ、わかりました」

良かった、意見が通って。

「一旦下がれ」

「「失礼いたします」」

セルネスド様と王城での過ごし方について話すことにした。

ソファーの座り方はやっぱり隣り合わせである。……気にしては負けな気がしたので、何も言わなかった。

「俺の要望は前に言った通り、ここで過ごすことだ。そうしてくれれば、アプローチができるからな」

「わかりました」

「フィナから何かあるか？」

「何かですか…………。あ、舞踊を習いたいです。私はこの国に来た目的は舞踊を習いたかったからなので」

「そうだったのか。わかった、手配しよう。講師は……あのニュミニーナ殿でいいか？」

「もちろんです……！」

まさかそんな提案をしてくれるとは。

思った以上に早く再会できそうだと、心が弾んだ。

「セルネスド様、もう一つだけ良いでしょうか」

「一つと言わず、いくらでも構わない」

「この国のことを学びたいのです」

「……そう言ってもらえるのはとても嬉しいな」

「無知のままではいけないと思うので。私からはこれくらいでしょうか」

「わかった。フィナ、今日は一日大変だっただろう。ゆっくり休んでくれ」

「ありがとうございます」

その後、夕食をともにし、別れ際におやすみのハグと言って抱き締められた。

こうして私の長い一日は幕を閉じた。

第四章

翌朝。

王城に来てまだ一日と経っていない。緊張していて安眠できず、普段ならば起きない時間に目が覚めた。

……四時頃だろうか。起き上がって窓のカーテンを少しめくると、かすかな光が射《さ》し込んだ。

「……わぁ」

それは初めて目にする、ゼロ国での夜明けだった。

周りの景色と重なって、神秘的だ。なんだかとてもよいものを見られた。

「…………綺麗」

こんなに綺麗な景色は、ゲームのシナリオ通りの生活をしていたら、見ることはできなかっただろう。

澄み渡った青い空を眺めると少しだけ緊張がほぐれた気がした。見慣れない景色が大丈夫だと勇気づけてくれた気がした。段々心が落ち着く。これから先、私を待ち受けるのは晴天か暗雲か。決まっていない未来を作るために拳《こぶし》を握る。まずはその第一歩としてここでの生活を覚えよう。

「よし」

頬を叩いて気合いを入れる。

シンとの生活が若干恋しかったが、新しい生活に前向きに踏み出した。

着替えをすませ、朝食の時間になるのを窓の外を眺めながら待っていた。

先程私の身支度を整えようと入ってきた侍女が驚いていた。昨日から仕事を奪っているようでなんだか申し訳ない。

「失礼します、フィリシーナ様。朝食の準備が整いましたので、お迎えにあがりました」

「今行きます」

ぼぅっと外を眺めていると、時が経つのは思ったよりも速かった。

自分の部屋の扉を開けると、驚いたことにそこにはセルネスド様がいた。

「おはよう、フィナ。よければエスコートさせてくれないか」

まだ朝だというのに身なりは完璧に整っているし、威厳はあるしで、さすがは王だなと思った。

「おはようございます。喜んで」

上手くできているかはわからないが、最大限努力して微笑みかける。

差し出された手にそっと自分の手を乗せた。

「…………フィナが俺の手を取ってくれた」

セルネスド様の呟きははっきりとは聞こえなかった。

だが、嬉しそうにしているのを見て間違っていないのだと思い、安心した。

「フィナ。朝食の後は、一緒に過ごす時間をもらえないだろうか」

「……わかりました」

私の身長は百六十センチほどで、この世界においては女性にしては高い。それでもセルネスド様の方が二十センチ程高い。

なので、私は見上げる形になる。

「ありがとう。…………可愛いな」

「…………」

こう言われたときは、一体どんな反応をすればよいのか。

正解がわからず、聞き流すことにした。


朝食を終え、セルネスド様にエスコートしていただいて、王城内を散策した。

広くて覚えるのが難しく、いずれ迷子になることはまちがいない。

「とりあえず、使いそうな場所だけ覚えればいい。図書室はフィナの部屋からそう遠くないから迷わないと思うが――」

いいえ、私はかなりの方向音痴なので、その図書室でさえ迷う自信があります……なんて言うこともできず。

「もし迷いそうだったら、侍女を連れて行けば良い」

「お気遣い、感謝いたします」

「あぁ。……一通り回ったところで、お茶にしよう」

セルネスド様はそう言うと、見晴らしのいい場所にお茶の用意をさせた。

カモミールティーを飲むと少し心が落ち着いた。緊張もほぐれ、今なら言いたいことが言える気がした。意を決して尋ねてみる。

「……あの！　セルネスド様はどのようなことに興味や関心をお持ちでしょうか。私はセルネスド様のように言動や雰囲気から察することはできません。……だから、できればセルネスド様に自己紹介をしていただければ、と思うのですが、…………いかがでしょうか」

言いきれたことに安堵しつつも、一体どのような反応が来るのかと不安にもなる。

「…………」

セルネスド様は黙り込んでしまった。

「あ、あの…………」

あまりに長いので、戸惑いを隠せなくなってくる。

「……すまない。人生最大の喜びを噛みしめていた」

「……え？」

「嬉しいんだ。フィナが俺に興味を持ってくれたことが。……いきなり番《つがい》だと言って連れてきたも同然で、嫌な思いや無理をしているのではないかと思っていたからな」

「それは……違います。嫌ならここへは来ていません。私は自分の意思で王城で暮らすことを選択したのです。無理もしていません。……強いていうならば、ここに……この生活に慣れることができるかと不安はありますが。……でも、努力は怠らないつもりです。だから、少しでもこの王城のことやセルネスド様のことを知りたいのです」

何も知らないまま馴染むことは、できないと思う。

せっかく番《つがい》として出会ったのだ。少しずつでも歩み寄りたい。

「……そう言ってくれるのが、どれほど嬉しいか……言葉に表せそうにない。……ぜひ、話をさせてほしい。それと、フィナの話も聞かせてくれないか」

「もちろんです……！」

「俺には弟がいる。名をシトラウル。今は大公として俺を支えている。優秀で器量のいい奴だ。国を継ぐ資格を早いうちに放棄してな。俺の方が適任だと言い続けた。誘惑をものともしない芯の強い奴でもあった」

「仲がよろしいんですね」

「そうだな……。だがシトラウルにはいろいろと気を遣わせてしまった。俺に番《つがい》ができないなか、シトラウルは早々と見つかった。喜ばしいことなのに本人は複雑な表情をしていてな。…………あの時は俺も言葉にできないほど落ち込んだ。シトラウルの幸せの邪魔をしているのではとも思った。……まぁ過ぎた話だが。何年も経った今でもたまに感じるんだ。シトラウルから喜ぶ機会や楽しむ機会を奪ってしまったのではないかとな」

番《つがい》がいた弟とそうでない兄。

複雑な心境になりやすい関係のなか、争いに発展したり互いを拒絶したりすることもなかったのだ。

「セルネスド様と弟君は、お互いがとても大切なんですね」

「大切……そうだな」

「弟のことで悩む気持ち、よくわかります。私もそうなので……」

「フィナもか？」

「はい。私は弟……ラドナードに何もしてあげられなかった。自分のことで手一杯であまり気にかけてあげられなかったのです。それでもラドナードは私を慕ってくれていました。今回の留学も応援してくれたのです」

「よい弟だな」

「ありがとうございます、自慢の弟です。……弟に言わせれば、私達姉弟の関係は私が考えていたものとは違いました。きっとセルネスド様と弟君もそうなのではないのでしょうか」

「……そうだといいな」

弟に関して悩む姿は自分を見ているようですごく親近感がわいてくる。

「……ちなみにフィナの父君はどういった方なのだろうか」

「父様ですか。……そうですね。とても子供思いだと思います。基本的に私やラドナードの意思を尊重してくれます。今回の留学も反対しませんでした。心配はしていたのですけれど。優しくて仕事ができて周りへの思いやりや配慮を忘れない……私が言うのも何ですが、よくできた父だと思います」

父を思い出して少し感傷的になる。

「素晴らしい父君だな。…………では母君は？」

「母は――」

なんと答えるべきだろうか。一瞬あたり障《さわ》りのないことを言って流そうかと思ったがやめた。取り繕《つくろ》うのは違う気がした。セルネスド様が知りたいのはテリジア公爵夫人がどのような人かではなく、私から見て母はどういう人なのかではないかと感じたからだ。

「実は母は少し前に他界したのです」

「それは……すまない、配慮が足りなかった」

「いえ、ご存じなかったのですから。……私にとって母は恐怖の対象でした」

「恐怖……か」

「はい。私は母が怖くてずっと自分の意思を殺してきました――……」

母が怖くてそこから逃げるためだけに王子と婚約したこと、王子には全く興味がないのに手に入れた肩書きを無我夢中で守り続けたこと、母に従うことに慣れて自分の気持ちを無視し続けたこと、ラドと父様にたくさん心配をかけてもどうしたらいいかわからなかったこと、母が他界してようやく解放されたこと……。母と婚約に関する全てを打ち明けた。

どう思われようが、これは話しておくべきだ。歩み寄りたいと自分で言い出したのだから。

「……――っ」

話を聞き終えたセルネスド様はまるで痛ましいような目で私を見つめた。

「フィナ……フィナが一番辛かったその時期に俺は何もできなかったのだな」

セルネスド様はそっと私の手に触れた。

「……出会えただけでも奇跡だからな……もっと早くなどと文句は言わない。だがフィナが負った傷なら、これからはともに背負わせてほしい」

「そんな……ありがとうございます」

「……フィナは数々の苦難を乗り越えて強くなったのだな。話を聞けてよかった。フィナがより一層魅力的に見える」

「そ、そうですか」

まさかそういう方向へ話が行くとは思わず、顔が熱くなった。その反応がまたセルネスド様のアプローチを加速してしまうというのに。

近づく顔と体。

「――っ、セ、セルネスド様っ」

「どうしたフィナ？」

近づきすぎたことに気づいて必死で体勢を戻す。

「あ、あの。改めて、ペンダントありがとうございました。とても高価なものと伺ったのですが……」

「いや。喜んでくれたなら嬉しい――と言いたいところだが、それの価値を知っているということは用途もわかっているのだな……。すまない。出会って間もないのに、強引なことをしてしまった。

だがどうか、そのペンダントは持っていてくれないか」

「驚きましたが、とても素敵なものですね。それに王族に代々伝わる技術で作られたという大切なものですから……」

　個人的に好みだ。

「そう言ってもらえると幸いだ。代々王族は番《つがい》を思ってペンダントを作る。生まれて間もない頃に作るのだが、これには理由がある。いつ何時番《つがい》に出会っても王族としての品位を保つためとされている。番《つがい》に出会う機会は不確かで、舞い上がり暴挙にでてしまう者が多い。王族とて例外ではない。出会うという奇跡を前にして、我を失ってしまう。だが、それを王族がしてはならない。取り締まる側である我らはそのようなことはしてはならないのだ。このペンダントには使い手と周囲の者の感情が激することを抑える効果がある。だから番《つがい》を見つけるまでは出会いに備えてそのペンダントを自身で身につけ、出会ったら番《つがい》に手渡すのだ。これから先も我を失わないために。……だからフィナ。自衛と思ってなるべく身につけておいてくれないか」

「そんなに深い意味があったんですね……。わかりました。ありがたく身につけさせていただきます」

「あぁ」

　思っていたよりも意味のあるものだった。それに、初めて家族以外からいただいた贈り物だ。大切にしよう。

　それから少し経ってセルネスド様の公務の時間となった。

「……時間が過ぎるのが速いと思ったのは初めてだ」

そう呟いた横顔は、穏やかだった。

今まで番《つがい》に出会えず、何十年もの時を餓えて生きてきたのだ。シンが言っていたことを思い出す。

獣人の血が濃ければ濃いほど番《つがい》を求めると。セルネスド様は先祖返りとも言われるほど濃い血を引いたと先生が教えてくれた。それならセルネスド様は、想像できないほどの苦痛を耐えてきたのではないだろうか。

……なら、せめてこれからは穏やかに過ごして欲しい。そう願わずにはいられなかった。

「ではフィナ。また後で」

「はい。公務、頑張ってください」

セルネスド様を見送り用意された自室へ戻る。

「………」

ソファーに腰をかけ、先程の話を思い出した。

弟に関して悩む姿や、苦悩する姿……。私が抱くセルネスド様の印象がどんどん変わっていった。

厳格で人を見抜く力が尋常ではない絶対的君主の印象から、家族思いで強《したた》かな精神力を持つ人へ。

共通点もいくつか見つけられて距離が縮まった気がする。

よいスタートを切れたことが嬉しくて、次も頑張ろうと気合いを入れるのだった。


あれから一週間。

少しだけ王城の生活に慣れてきた。

ようやく落ち着いた私は、その日の夕暮れに家族への手紙を書いていた。

「……体調のことはもちろんだけれど、今のこの状況について説明しないと」

……正直いって父様の反応が心配だ。

自身の妹だけではなく娘まで、同じような形でゼロ国へ留まることになるとは思いもしなかっただろう。

整理をしてなるべく上手く伝えられるように、一つ一つ丁寧に言葉を選ぶ。伝えたいことをどんどん書いているうちに、かなりの時間が経っていったようだ。

「手紙か」

不意にかけられた声で、我に返る。

「……セルネスド様！」

「すまない、ノックをしても返事がなかったものだから……何かあったのではないかと心配で、無断で入ってしまった」

「あ、いえ……。私の方こそ気づかなくてすみません」

「集中していたのだろう。……サン国にいる家族へ、か」

「はい。今回の状況はもしかしたら叔母様が連絡してくださっているかもしれませんが、私もちゃんと話しておこうと。それに留学してから、まだ一度も手紙を送っていなかったものですから」

「それは大事だな」

いつもと変わらない優しい微笑みが、今日はまるで私を見守ってくれるようだ。

「あ……私に何か用事でしょうか」

「あぁ。舞踊のことだ。ニュミニーナ殿が明日から城へ教えにくるそうだ」

「本当ですか!!」

久しぶりに舞踊ができることと、先生に会えることの二つの喜びが重なる。

喜びを噛みしめていると、少しセルネスド様が複雑そうな表情をした。

「……喜んでくれるのは嬉しい。……だが、舞踊に嫉妬してしまうな」

「ぶ、舞踊にですか？」

「あぁ。おそらく今のフィナは舞踊で頭がいっぱいだろう？」

「それは……そうかもしれません」

「残念だ。……一週間程度ではそれを塗り替えることはできないかもしれないが――」

「？」

そう言うと、セルネスド様は優しく片手で頬に触れ、その反対側の頬に唇を落とした。

「――っ!!」

「もう少し、俺のことを意識してくれると嬉しいな。――愛しい俺のフィナ？」

「…………ぜ、善処します」

突然のスキンシップに固まることしかできなかった。

「あぁ。……だが、もっと意識してもらえるように俺も頑張らないといけないな」

セルネスド様の表情はすごく満足そうだ。

「さて、夕食の時間だ。フィナ……お手をどうぞ」

「…………」

まだ体が固まったままで、すぐには動けずにいると、セルネスド様がゆっくりと手を取った。先程のことがあったばかりで、頬が再び熱くなった。

「……どうやら意識してもらえたようだな？」

嬉しそうに、愛おしそうにこちらを見る目がむず痒くて、まともに目を合わせることができなかった。


翌日。

気まずくてどきどきしていたけれど、セルネスド様はなぜか嬉しそうだった。

午後になり、先生が舞踊を教えに来てくれた。

「フィリシーナ嬢、久しぶりだね」

「はい！　お元気でしたか？」

「もちろん。今日のことをシンに言ったら、羨ましがられたよ」

「私もシンに会いたいです」

「伝えとくね」

「ありがとうございます」

先生は元気そうだ。

数時間の指導が終わると、近況報告が始まった。

「それで？　王城の生活には慣れた？」

「はい。最初に比べれば少しだけ。まだ完全には無理ですけど」

「少しでも慣れることができたら十分だよ。環境の変化に強いのは良いことだから」

「でも、時々考えてしまいます。短い間だったけれど、シンとの暮らしも楽しかったなって」

「良いんだよ。そう考えるのは普通のことだから。フィリシーナ嬢は年頃の女の子でしょ。そりゃホームシックにもなる。実家じゃなくて、シンっていうのが面白いけど」

「も、もちろん、実家も恋しいですよ！」

「あははっ」

なんだか先生の笑う姿を見ているとすごく落ち着く。

「……ところで、陛下とは大丈夫？」

「それは――」

お互いに歩み寄ろうとしていることや、毎日お茶をしていること、そして昨日の出来事を伝える。

「…………意外」

先生はそう言った。

「意外、ですか？」

「うん。もっと熱烈にアプローチされているのだと思ったから」

「た、確かに……？」

確かにその路線も考えられなくはない。

「よっぽどフィリシーナ嬢のことを大切にしたいんだね」

「そう見えますか……？」

「うん。フィリシーナ嬢にすごく合わせているように聞こえる。それって好きじゃないとできないことだと思うよ」

先生は、恋愛面でも先生だ。

「二度生きて、たくさんの番《つがい》の恋人達を見た私が言うのだから、安心しなさい、フィリシーナ嬢。手順をしっかり踏んでるし、陛下は真摯《しんし》な方だと思うわ」

「なるほど……？」

「だから、フィリシーナ嬢の話を聞いて安心したよ。無理していないかなって少し心配だったの。シンもそこを気にしていたから。どうやら大丈夫そうね」

「無理はしていないです」

思えば、セルネスド様は私の提案に応えてくれるだけではなく、スキンシップとかも私に合わせてくれている気がする。

「私……もう少し頑張ってみます」

「それはいいけど、頑張りすぎないでね？」

「はい！」

私も頑張ってセルネスド様に合わせてみよう。そうでなくては歩み寄りとはいえないのだから。

状況がもっとよくなるように意識を変えようと思う。でもまさか、それから怒涛の日々が始まるとは思いもよらなかった。


セルネスド様が我慢しているのなら、私はそういうアプローチに慣れた方が良いのではないか。

手を繋いだり、頬に触れたりする程度では赤くならないように努力した。心臓は激しく動いているが、顔には出さないようにした。

すると、予想通り、アプローチの方法が少しずつ過激になっていった。

「――っ⁉」

そしてついに白旗を挙げることになる。

「な、なにをしたんですか⁉」

それは一瞬の出来事だった。

彼は愛おしそうに見つめながら頬に触れ、首筋に顔を近づけたのだ。

するとちょっと痛みを感じたので咄嗟に距離を取ると、セルネスド様がとろけるような笑みを浮かべていた。

「印をつけたんだ」

「し、印って」

「ふっ。フィナ、せっかく頑張っていたのに、頬が赤くなっているぞ」

「あっ。……頑張っていた……？　どうして、それを」

「気づかないとでも思ったのか？　フィナはやせ我慢をしていただろう。隠せていなかったぞ？　それに、俺はフィナのことならどんな些細なことでも気づく」

「そんな……私の努力は」

「努力、か。……頑張っていたフィナは可愛らしかったが、やはり赤くなってくれた方が愛らしい。なぜ我慢をする？　ゆえに、どこまで耐えるか試そうと少々過激になってしまった」

「気づいていたなんて……」

「当たり前だが――。そうだな。フィナ、フィナに俺の気持ちを聞いてもらいたい。獣人がどのように番《つがい》を見ているか、想像だけでは足りない。もし、俺をより深く知ろうとしてくれるなら――」

「聞きたいです！」

　何をやっても、きっとセルネスド様の方が何枚も上手《うわて》だろう。それならその想いを聞いた方が近づける気がする。

「そう食い気味に答えてくれると、嬉しくて舞い上がりそうなんだが……」

　セルネスド様はそう言いながら隣に座り、手を重ねた。

　大丈夫、この程度ならもう驚かない。

「…………指を絡めるのは聞いてないです」

「フィナは我慢しない方が断然いい。素直な方が、アプローチしがいがある」

　絡めた手を自身の顔に近づけ、甲へキスをする。

「も、もう十分なので、話をお願いします」

無理に慣れようとしていたものだから、首に印をつけられたことで、虚勢は吹き飛んでしまった。

セルネスド様は目を伏せて話し始めた。

「初めてフィナを目にしたとき、ほかの人間とは明らかに違った。そのときはわからなかったが、フィナと目が合ってわかった。だが、すぐには信じられなかった。……長年出会えなかった番《つがい》が今になって現れるなんて思わなかったんだ。だから、夢だと疑った。フィナと出会えたのは本当に奇跡のようだったよ」

「だから頬をつねってたんですか。あんなに力強く」

「あぁ。現実だと理解してからは、胸が喜びで満ちた。それと同時に、激しい独占欲が湧いた。今すぐ手に入れたい、腕の中におさめてどこへも行かせたくない、と。それなのにフィナが歩きだしたから焦った」

「だから、あんなに離してくれなかったんですね」

思わず苦笑する。

セルネスド様は申し訳なさそうな顔だ。

「あのときは強引なことをしたと思っている。すまないな。でも、フィナが番《つがい》とわかってから、傍にいたい気持ちが溢れて止まらなくなった」

「今もそうですけれど、あの、距離がずいぶん近いですよね」

「俺にとってはこれが当たり前なんだ。とにかくフィナと一緒にいたい。できるだけ近い距離で。……困らせているならすまない」

どうやら、感覚の違いはセルネスド様も気にしていたようだ。

「もう慣れましたよ」

「そうか……」

「それに、嫌ではありません」

「なら――」

「これ以上は駄目です!!」

「それは残念だな」

私が慣れたふりをしていたせいか、セルネスド様は容赦なくアプローチするようになってきた。

ふりだとわかっていたのに、解せない。

「……俺はこの国で最も獣人の血が濃いと言われている。だからフィナと出会うまでは、なにも考えず、王としてただやるべきことをこなす……いわゆる人形だったかもしれない。だから、フィナが現れてからだ、こんなにも笑うようになったのは」

「………今までは、笑ったことはなかったのですか？」

「あぁ。何にも感情が動かなかった。楽しいことや悲しいことは、頭で理解するだけだ」

それを六十年も続けていたのはどんな心境なんだろう。

「……私には想像できないような辛い想い、苦しい想いをしてきたんですね」

「どうだろうな……もしそうだとしたら俺はフィナに救われた。フィナが現れて俺の手を取ってくれたから、今こうして笑っている。愛おしいと感じている。……フィナは俺の全てだ」

まっすぐな瞳でそう告げられる。

「………」

真摯《しんし》な想いが胸に響く。それだけで顔が熱くなる。

「フィナはよく赤くなるな。……まぁ、その姿は愛らしいが」

「……何か、私にできることはありませんか――？」

口に出してみてわかった。

私はセルネスド様に惹かれている。

まだ、同じ想いにはなれないけれど。

「フィナ………」

「できることは限られると思いますが……」

「そうか。……そうだな、なら一つ、我儘《わがまま》を聞いてくれないか？」

「我儘《わがまま》？」

「あぁ。簡単なことだ……。俺に、フィナだけが呼ぶ愛称をつけてほしい」

「呼び方、ですか？」

「あぁ。俺がフィナと呼ぶように。……といっても、俺を名前で呼ぶ者は弟ぐらいだが」

「弟君はなんと？」

「セル兄様と呼んでいるな」

「それなら…………セド、でいかがでしょうか」

「セド、か」

「は、はい」

特別な呼び方を求められるのは緊張する。

「良いな……もう一度呼んでくれ」

「セ、セド」

「フィナ」

しばし見つめ合った後、セドはゆっくりと私を腕の中に抱き込んだ。

いつもなら緊張でわけがわからなくなるが、今日は暖かかった――

◇　◆　◇　◆

――本当に出会えると思っていなかったんだ。

覚悟は当の昔に決めた。どんなに必要な存在だとしても、それが俺、セルネスドの運命なのだと考えるほかなかった。すぐに割り切れた訳ではない。それでも時間は残酷で、少しずつ……嫌でも理解するほかなかった。その頃には感情と呼べるものはなくなっていた。諦めたのも同じ頃だろう。

だからこそ出会えたあの時は……心が追いつかなかった。

夢を見ているのではないかという疑念は彼女に触れるまで晴れなかった。動き出した思考で必死に考えた。どうすれば彼女を手に入れられるだろうかと。本能が、そのままさらってしまえと強く告げる。だがペンダントがあったおかげでなんとか踏みとどまることができたのだ。

現実を受け入れて諦めても、なぜかペンダントは外せなかった。未練がましいと自分を嘲笑《あざわら》っていたが、あの日初めて未練ではなく希望だったのだと思った。そしてそのペンダントに誓った。彼女を大切に大切にしようと。

彼女は適応能力が高く、自身が俺の番《つがい》であることや王城で暮らす提案をあっさり受け入れた。すると今度は不安になった。反発しないのは俺に興味が全くないからではないだろうか、実際は嫌われているのではないか。傍にいてくれるだけで満足すべきかもしれない。それでも俺は、彼女の心も欲しいと思ってしまった。不安が膨らむなか彼女を迎え、彼女の一言が再び俺を救った。知りたい、彼女がそう言ってくれたおかげで俺は救われた。

彼女は自分についても教えてくれた。歩み寄ろうとしてくれる姿に、俺はますます惹かれていった。

可愛い彼女を前にするとどうしても愛でたくなる。かすかに触れただけでも赤くなる彼女にはゆっくりと段階を踏まなくてはならないだろう。そう思っていたのに、いつからか反応が鈍くなった。というよりも我慢したのだ。そんな姿も愛らしいが、それが俺のためだと知ったときは、感情が爆発しそうだった。その上念願の愛称で呼んでくれることになった。この日は今までで一番幸せだった。

だが、それはきっと毎日更新されるだろう。

これからも彼女に寄り添えるように、できることはしていくつもりだ。

◇　◆　◇　◆

数日後、いつもと変わらず朝食後のお茶をしているが、セドの様子がおかしい。彼は悩んでいるようだった。何年も国王をしているセドが公務に関してあんな風に悩むとは思えない。一体どうしたのだろうか。

「…………」

「…………セド」

「あ……。すまない少し考え事をだな……」

「もしかして……何か悩み事、ですか」

「あぁ……。よくわかったな。顔には出さないようにしていたのだが」

「勘、ですかね」

「なるほど」

顔に出ていないと言ってはいたが、なんとなく読み取ることができた。些細な変化に気づくことができて嬉しい。

「よろしければ何に悩んでいるのか聞かせていただけませんか。何か力になれるかもしれませんし」

「いいのか……？」

「もちろんです」

「だが、迷惑では――」

「そんなことありませんよ」

「………いや、大丈夫だ。俺の問題だからな。フィナに面倒はかけまい」

そう言い切ってしまった。

まだ相談相手にはなれないのかと落胆したけれど、表情を曇らせたままのセドを見てもしや……と思った。

「セド」

「どうしたフィナ」

「悩み事を相談することは、迷惑なことでも相手に面倒をかけることでもありませんよ。相談するということはそれだけ相手に気を許しているということですから。……もし頼っていただけるのなら嬉しいです」

セドはもしかしたら、今まで人に相談をしたことがないのではないかと思ったのだ。もしそうでなくても、相談してほしいと伝わったはずだ。

「そういうものなのか……」

「はい」

「そうか……なら、聞いてもらってもいいか？」

「喜んで！」

頼って貰えたことと相談相手として見てくれたことが嬉しかった。

「ありがとうフィナ」

そう言うと少しだけセドの表情が和らいだように見えた。

「実は、だな……番《つがい》ができたことを離れて過ごすシトラウルへ伝えようと思ったのだが……」

「いいですね」

「フィナがきっかけだ。フィナが家族に手紙を書く姿を見て、俺も書こうと思ったのだ」

「なるほど……」

「王族が番《つがい》を見つけると、相手と婚約したら国中に発表される。だからまだシトラウルは俺が番《つがい》を見つけたことを知らない。その時に報告すればいいかと思っていたが、こんな時こそ手紙を出すべきだと考え直したんだ」

「とても良いことだと思いますよ」

「ならよいのだが……」

笑ったかと思うとまたすぐに空気が沈む。

「問題はここからでな……手紙の書き方がわからないんだ」

「…………え？」

「昨日公務を終えた後に書いてみたんだが、手紙というよりも報告書になってしまった。先日のフィナが書いていたようにしたかったのだが。報告書のままでは俺が書いたか定かではなくなるだろう。大切なことだから、手紙を書きたい。……そう思ったが、書き方がまるでわからない。悩んでいたのはこういうことなんだ」

「なるほど……」

どうやら今までも手紙を送ったことはなさそうだ。

だがよい機会だと思った。私がセドに何かできる数少ない状況だ。彼の力になりたい。

「それならお手伝いします」

「良いのか……？」

「はい。そのための相談ですから」

「……フィナ……ありがとう」

「いえ」

こうして私達はセドの書斎へ向かった。そこに入るのは初めてで緊張する。

「普段はここにこもって公務をするんだが、フィナは中に入ったことはなかったな」

「はい……」

「普通の書斎だ。特に変わったものはないと思うぞ」

足を踏み入れると、広々とした空間が広がった。

「わぁ……」

父様の書斎と比べて数倍はある。

「フィナ。ここに座ってくれ」

そう言ってセドの机の脇に用意された椅子に座る。

「……早速だが。手紙はどう書けば手紙に見えるのだろうか」

「そうですね。今回セドが送るのは弟君ですので、フランクに書いて良いと思います。堅苦しいのは抜きで」

「そうでない場合とは何か違うのか？」

「はい。例えば初めて送る方には丁寧で無難な言葉を選んで書きます。よい印象を相手に与えるためにも言葉選びは慎重にします。ですが、今回はセドのことをよく知る相手に書くので、それとは逆の書き方をすると良いと思います。普段話すような感覚で書くと良いかもしれません」

「なるほど」

「言いたいことを全て取り繕《つくろ》わずに書いてはどうでしょうか。顔を見ていたら言いにくいことを書けるのも手紙の特徴ですし」

「わかった、書いてみよう」

真剣に聞く姿はいつもと違って可愛らしい。

「はい。私も隣で叔母様宛の手紙書いてよろしいでしょうか」

「もちろんだ」

「何か困ったり、わからなくなったりしたらいつでも声をかけてくださいね」

「ありがとう」

こうして私達は二人並んで手紙を書き始めた。

叔母様にはここへ来て初めて手紙を書く。シンにはすぐに書いたが、叔母様には自分の気持ちが変わり始めたら書こうと決めていた。

セドと過ごすうちに自然と距離が縮んだ。そして、セドについて新しいことを知る度に嬉しくなる。出会ったときはゼロ国の国王陛下なんて遠い存在だと思っていた。でも、少しずつセドを知り、自分と同じだと思った。そのとき遠くにあったセドの存在が隣にいるくらい近づいた。そこから段々セドに惹かれ始めた。歩み寄りたいと思うほど。力になりたいと願うほど。——セドとなら違う未来を、ただのフィリシーナとしての人生を歩む未来を作れるのではないかと……。私の気持ちはゆっくり膨らんでいた。

そんな心境を伝えようと文字を綴る。

「……思ったよりも多くなってしまった」

しばらく経ち、セドがため息をついた。

「量が多い分には良いと思いますよ」

「そうか……フィナ、手紙はどういう言葉で終えるものなのだ？」

「体調に関することはよく使われますが……言い残したことでもよいかも知れません」

「言い残したこと……」

呟きながらセドは手紙を見直した。

「…………これだな」

そう言うと、手を休めて深く息をついた。肩の荷が下りて安心したという表情だった。

「……書き終えた」

目を閉じて書き上げた喜びを噛みしめる姿は、どことなく初々しい。その姿を見て、私まで胸が熱くなった。

「フィナ、改めて礼を言う」

「いえ、お役に立てたのなら何よりです」

力になれたことが嬉しくて顔が綻ぶ。

「……なぜ俺の番《つがい》はこんなに可愛いんだ。日々可愛さが増している気がする……」

「セド？」

ぶつぶつとぼやき始めた。

不安になって様子をうかがう。

「……駄目だ。フィナが何をしても可愛すぎる」

「あの……セド」

「……我慢していたが――そんな表情をするフィナが悪い」

「え、あの」

流れるように手を取ったかと思うと、軽々と私を抱え膝に乗せた。

「セ、セドっ」

そして腰に手を回し顔を耳に寄せる。

「セド、加減を――」

「フィナ、どうか俺のものになってくれ――」

「!!」

急に肩が重くなる。すると、寝息が聞こえてきた。

「…………セ、セド?」

「…………………………」

眠ってしまったようだ。

離れようにも腰をがっちり固定されていて動けない。

「セド…………せめて下ろして」

恥ずかしくて半泣きになった私の声がむなしく響いたのであった。


その後セドが起きるまでずっとあの状態だった。

◇◆◇◆

弟への手紙を書き終えた後、俺は少し眠ってしまったようだ。

フィナを見送ると、再び書斎へ戻った。

彼女のぬくもりの余韻に浸りながら喜びを噛みしめた。

彼女に心配かけまいといつものように振る舞ったが、彼女はお見通しだった。それが嬉しくてたまらなかった。俺を見ている彼女への愛は膨らむ一方だ。それだけでなく、彼女も意識してくれている気がするのだ。少なくとも嫌な感情は抱いてないはずだ。少しずつ距離を詰めるアプローチは成功しているのではないかと期待してしまう。

彼女の反応にも変化が感じられる。最初は、恥ずかしがって赤くなっていたが、今は好意を感じるようになった。うぬぼれでなければの話ではあるが。縮まり続ける彼女との距離を大切にしながら然るべき時について考えることにした。

昨夜遅くまで悩んでいたのは送る相手がもう一人いたからだ。シトラウルにも手紙を送りたかったが、それ以上にもう一人の相手――彼女の父君には何を書けば良いのかわからなかった。大切な娘とともに過ごしているのだ。対面することは叶わずとも、しっかりと挨拶をしておきたい。だから彼女にそれとなく聞いたのだ。

再びペンを取る。

彼女の教えを参考に手紙を書き始めた。

それにしても彼女の家族、か。

考えてみるときっと俺は彼女の父親よりも歳は上だ。その上身分も。扱いづらいことこの上ないな。俺にしても、どういう態度でどう接するのが正解なのかわからない。手紙を書く手もしばしば止まってしまう。

もしも彼女を手にすることが叶ったら、ぜひとも父君に認められたい。だが、そのためにどうすればいいのか皆目《かいもく》見当もつかない。とにかく娘を任せられる人間だと示さなくてはいけないだろう。

それをこの手紙でも発揮しなくては。

何度も書き直し、満足のいく手紙ができたとき、気がつけば日の出の時刻になっていた。

◇　◆　◇　◆

翌日、私宛に手紙が届いた。

「ラドからだわ」

それは、私が少し前に送った手紙の返信だった。

『姉様へ
お元気そうで何よりです。姉様なら異国の地でも、すぐ馴染めると思っています。こっちは父様も俺も皆元気です。使用人は姉様がいなくて寂しがっている者が多いですよ。

番《つがい》の件、驚きました。父様は意外にもそうでもなかったようです。寂しそうでしたが。これも運命かとぼやきながら、お酒を飲んでいたのはここだけの話ですよ。これに関して俺と父様が願うのは、姉様自身の幸せです。姉様が幸せになれるなら、相手は国王だろうが、王子だろうが、どちらでも構わないんです。一番に優先すべきは、姉様の気持ちということを忘れないでください。

ちなみに最近俺は、後継者としての勉強を本格的に始めました。以前は父様の仕事場に付いていって手伝いなんかをしていましたが、今はしっかり領地経営を学んだり領民とやり取りをしたりと忙しい日々です。それでも時間ができれば父様の手伝いをしています。だから、父様のことは俺にまかせて安心してくださいね。

それと、ユエン殿下についてです。姉様がぱったりと訪問しなくなっても、何も感じていないようです。姉様が今年の留学生だと発表されるのはまだ先なので、殿下に伝わっている可能性は低そうです。

舞踊をはじめとするゼロ国での学びの数々、大変だとは思いますが、頑張り過ぎないでくださいね。それではまた。

ラドナード』

読み終えると目頭が熱くなった。ラドなりの配慮がたくさん込もった手紙であった。

「ありがとう、ラド」

読み終えて、確信したことがある。

今ならば穏便に婚約解消ができるのではないだろうか、と。

優秀なユエン殿下は、相手は王妃にふさわしければ誰だって良いのだ。

サン国には公爵令嬢は私しかいないが、殿下自身の評判が良いのでわざわざ公爵家が後ろ楯になる必要はない。

それでも不安は残る。

婚約を解消しようとした瞬間、元のシナリオに戻ってしまうのではないだろうか。

この不安が消えてくれれば、もう少し私は自由に生きられるのに——

婚約をどうするべきか、この問題は再び私の頭を悩ませた。

「私は……セドのことを」

日々、ともに過ごすなかで、少しずつ惹かれたのは確かだ。

どうするべきか、整理しようと目を閉じた――

◇◆◇◆

眠ってしまったのだろうか。

気がつけば、不思議な空間にいる。それならばこれは夢？　以前目にしたのは、前世の自分だったが……

しかし、夢といっても一向に何も現れない。

目を覚まそうと頬をつねろうとしたとき――

「あぁ！　待って待って!!　頬をつねらないで!!　ここから消えちゃうよ！」

大きな声に驚き、頬に伸ばした手を離す。

「うん、ありがとう」

そう言って目の前に立つのはおそらく男性。金色の髪が目の位置まで伸びていて、瞳はよく見えない。

「……えと、どちら様でしょうか」

「僕はこの世界の神様です!!」

「……え？」

一体この人は何を言ってるんだろう。

あ、あれか。私は不条理な夢を見ているんだろう。

「さっさと目を覚まそう……」

「わーーっ!!　待って待って！　本当なんだ！　本当に神様なんだよー!!」

怪しすぎる……

「君に伝えなくてはいけないことがたくさんあって、それで夢にお邪魔したんだ」

「伝えなくてはいけないこと……？」

「そうだよ。……聞いてくれる？」

「まぁ、聞くだけなら……」

本当に神様なら、その話には興味がある。

「フィリシーナ、君は、自分が現在生きている世界が乙女ゲームの世界だと思っているでしょう？」

「……どうしてそれを？」

「神様は何でも知っているんだよ」

それは、私がそう信じて初めて通用する言い分だと思うのだが……

「……実は、この世界に君を連れてきたのが、僕なんだ」

「えっ？」

聞き捨てならないことを言われた気がする。

「と、とりあえず、順を追って話すね」

「お願いします……？」

「まずはこの世界において、なんだけれども。あくまで偶然なんだけどね、この世界は乙女ゲームに似ているけど、ゲームではないんだ。何が言いたいかというとね、君は、あの乙女ゲームの結末に縛られる必要はないんだ」

「乙女ゲームじゃ……ない………？」

「あぁ。これはフィリシーナ・テリジアという名を与えられた、君の新しい人生にすぎないんだ」

「新しい……人生？」

「そう。君の意思で生きる人生だよ。誰かのためではなく、ほかならぬ君のためだけの人生なんだ」

この自称神様が言うことには、なぜか不思議な説得力があった。

「そうだったんですね……」

「うん。だから、これからは自分らしく自由に人生を謳歌《おうか》してほしい」

「ありがとう……ございます」

一気に肩の力が抜けて、背負っていた重荷が消えたような感覚になった。

かつてない解放感だ。

「…………君に謝りたいことがあるんだ」

「え？」

「本当は六十年前、君は元いた世界――地球じゃなくて、この世界に生まれるはずだった。そして、セルネスドの番《つがい》として出会う予定だったんだ……」

「………」

それは、頭の隅に引っ掛かっていた疑問だった。

私とセドでは、歳の差がありすぎる、と。

他国の人間とはいえ、歳がこれほど離れていては探しようがない。そもそも産まれてないのだから。

だからセドが番《つがい》を見つけようとしても、見つかるはずがないのだ。

「それが僕の手違いで、君の魂は地球へ飛ばされてしまった。本来番《つがい》というのは、同じ世界に生まれるもの。なのに、セルネスドだけ例外になってしまったのは、完全に僕のせいなんだ」

自称神様は自身の行いを悔いるように足元を見つめながら話す。

「セルネスドの番《つがい》の魂がいないと気づいたとき、君がどこにいるかわからなかった。だから必死に探し、やっと君の魂を見つけて地球の神様のところへ交渉しに行った。幸いことはスムーズに進んだんだけれど……ここまで六十年近くかかってしまった。君が命を落として生まれ変わるときに誕生する命に君の魂を宿したんだ」

「それが、フィリシーナ……？」

「あぁ。だから偶然に過ぎないんだ」

私が転生するときに、たまたまフィリシーナが誕生したからこうなったというのか。

偶然こうなって、私は乙女ゲームの世界と勘違いしたと？

「でも本当にそっくりですよね、この世界……というか、サン国は」

「それは、あくまで偶然なんだ。……本当に申し訳ないことをした。心から謝罪する」

深々頭をさげる自称……いや、神様。

「やめてください。神様が頭を下げるだなんて」

「僕の過ちで君達は翻弄されたんだ。謝っても謝りきれない。……本当はセルネスドにも謝罪をしたいんだけれど、それはできないんだ」

「それはなぜ……？」

一番謝りたい相手でしょうに。

「神様だからね。普通は接触なんてできないんだ。でもフィリシーナ、君は特別。なぜなら、君の魂には僕が直接触れたからね」

「なるほど……？」

「だから君には直接謝れるんだ。……本当に申し訳ない」

正直、謝られても困る。私には神様に怒る理由などない。

「……頭を上げてください。まず、正直に話してくれたこと、わざわざ謝罪をしに会いに来てくださったこと、心から感謝いたします。それに、セドに会えた今、私はとても幸せになれる気がします。ここまで自分のことを大切にしてくれる方に、巡り合えたのですから。なので、神様がそんなに罪悪感を抱く必要はありませんよ。私はこの世界が好きですから」

「フィリシーナ……」

この世界はとてもいい場所だと思う。

それに、父様やラドという家族や、シンや叔母様、先生という周囲の人に恵まれた。セドという運命の相手にも出会えた。

だから、神様が謝る必要はないのだ。

「ありがとう、フィリシーナ……」

「いえ」

「君が地球の記憶を思い出した後も、この世界を気に入ってくれたこと、すごく嬉しいよ」

これで神様の私へ用件は、終わったのだろうか。

「あの……お尋ねしたいことがあるのですが」

「うん。あ、でも未来のことは答えられないんだけど……それでも大丈夫?」

「はい」

私が聞きたいのは自分の未来ではなく、ニナ先生のことだ。

「あの、タイムリープはなぜ起きるのですか」

「……え?」

「タイムリープです」

神様でもタイムリープは知らないのだろうか、と少し不安になる。

「待って、フィリシーナ。タイムリープした人がいるのかい?」

「はい」

私はニナ先生について大まかに説明した。すると、神様は悩み始めた。

「タイムリープっていうのは僕達神様の間でも、夢物語とされているんだけど……それを起こした人は奇跡だね」

神様にも夢物語というほど起こりえないことがあるのだろうか。

「でも待てよ……。あぁ、なんだかわかった気がする。あくまで推測だけれど……」

「聞かせてください、ぜひ」

「うん。……そのタイムリープが起きたタイミングっていうのは、僕が地球の神様へ交渉しに行ったときなんじゃないかな。ほんの少しなら、神様は自分の世界を留守にしても問題はないんだ。ただ、少しだけ世界が不安定になる。そのときに、その女性は自らの強い想いで転生の流れを反対にしてしまったんじゃないかな。……普段ならどんなに強い想いがあっても、そんなことは起こらないのだけど、あの日は特別だったからな……」

こちらもただの偶然ということらしい。それならば、ニナ先生も同じ運命は辿《たど》らないだろう。

「その女性は歴史を変えてはいないから、僕が何かすることはないよ」

「それなら良かったです」

ニナ先生に直接伝えたかったが、神様から止められた。

どこに影響するかわからないから、口外しないでほしいということだった。伝えられないのが残念だが、そこは割りきろう。

「あの……それでは、そろそろ目を覚まします」

「もう行っちゃうの？」

「はい。やらなくてはいけないことができましたから。目覚めたら二度と会えないのですか？」

「そうだね。よほどのことがない限りは会えないよ。それでも、僕は君の幸せを願って見守っているよ」

「ありがとうございます」

「じゃあ、気をつけて」

「はい」

神様がひらひらと手を振る姿を見ながら、ゆっくりと意識を手放した――

◇◆◇◆

目を開けると、そこは眠る前に目にした天井だった。

「戻ってきた……」

目を覚ましたけど、夢を見たというより人に会った後のような不思議な感覚だった。

「そうだ……」

ゲームと関係がないことがわかって、やりたいことができた。そのために、部屋を出よう。

時刻は夕方。夕飯にはまだ少し早い時間だ。それならば、会うことはできるだろうか。そう考えながら扉を開けると、セドが驚いた表情で立っていた。

「……セド、どうかしましたか？」

「……フィナに、話があって来たんだ。フィナこそ大丈夫か？　どこかへ行くなら話は後でも構わないが」

「いえ、大丈夫です。……どうぞ」

私もセドに用があったのだから。

部屋の中へ迎え、いつものソファーに隣り合わせで座る。

セドはいつもと違うラフな服装だった。

「今日の仕事が全部終わってな、夕食まで時間があったからフィナの様子を見に来たんだ」

「わざわざありがとうございます」

「そんなことない。俺が会いたくて来たんだ。……できることなら離れたくないのだからな」

そう言うとセドは私の手に目を落とし、優しく自身の手に乗せた。

「王城にきて、もう一か月以上経つな」

そんなに経っているのね。

「そうですね……もう、そんなに」

「大分慣れただろうか？」

「来た頃よりはずっと」

「そうか……」

指先からセドの安堵が伝わってくる。こうやって細かく気にかけてくれるのは本当にありがたい。

「あの、セド。一か月過ごしてみて感じたことがあります」

「なんだ？」

「私が最初思っていたよりも、ここはとても温かいということです。初め、王城だなんて場違いだと身構えていました。でも、ここの侍女や使用人の方々は慣れない私に本当に良くしてくださいました。何より、セドが気遣い続けてくれました。私はそれに応えようとしましたが、結果は失敗で……。それでもセドは常に私に寄り添い続けてくれました。本当に嬉しかった……だから」

いざその続きを言うとなると、緊張する。

それでも、しっかりと伝えたかった。ゲームじゃないとわかって、ようやくついた私の決心を、セドに届けたい。

「……だから、私と――」

「フィナ」

意を決してセドの瞳を見つめて言おうとした矢先、セドがなぜか遮る。

「セ、セド、あの……」

「フィナ。そこから先は俺に言わせてもらえないだろうか」

「え……？」

そう言うとセドはソファーから立ち上がり、私の目の前に跪《ひざまず》いた。

そして、強い眼差しで私の瞳を見つめる。

「フィナ。……フィリシーナ・テリジア嬢。どうか、俺とこれからずっとともに生きてくれないだろうか」

「――!!」

それは、私が言おうとした台詞だ。

「必ず幸せにする、だから――」

「……はい」

ぽろり、と自然に声が出た。

「フィナっ!!」

その答えをセドは聞き逃さず、すぐさま立ち上がり、私を引き寄せた。

「フィナ、本当に？　本当にいいんだな!?」

「もちろんです、セド」

よほど嬉しかったのか、セドは抱き締める力を強める。

「セ、セド、強いです……!」

「あぁ、すまない……」

見たことない程の弾ける笑顔だ。

……こうして私は、人生における大きな選択をしたのだった。

自身の気持ちを整理して、セドとこれからの人生を歩みたいと思った。

今なら叔母様の言っていたことが良くわかる。自分を大切にしてくれるところに惹かれた……まさにセドのアプローチは成功、大成功といえる。

「……フィナの同意を得られたのだから、一度ご挨拶に行くべきだな」

「挨拶？　叔母様の所へでしょうか」

「フィナ、フィナの実家はソムファ家ではないだろう」

「……ということは、テリジア家にですか⁉」

それならばまず、手紙を送らなければ。

「お、お待ちください、いろいろと準備をしなくては――」

「大丈夫だ、フィナ。準備はしている」

「……え？」

「実は、テリジア公爵とは手紙のやり取りをしていたんだ」

「いつの間に……」

「勝手にすまない。だが、娘御を預かる身としてしっかりと挨拶せねばなるまい。まだ何の約束も結べていなかったから、なおさらな」

セドの言い分はもっともである。

こうやって礼節を重んじる姿を見ると、セドが長く生きていることを実感する。

「やり取りしていると、問題が出てきた」

「問題……？」

「あぁ。フィナの婚約解消が、簡単にはいかなくなったということだ」

「……え？」

一体どうして。王家が大きな事件にでも、巻き込まれたのだろうか。

嫌な考えが巡るなか、セドは続けた。

「これはサン国の王家といくつかの家にしか伝わっていない話だ。……フィナの婚約者である、ユエン王子には恋人がほかにいる」

「………え？」

「しかも交際期間は二年だそうだ」

「に、二年……。全然気がつきませんでした」

「本当にフィナは婚約者に全く興味がないのだな」

「はい……これっぽっちも」

「そうか。……そう聞くと、なんだか安心するな」

安心してもらえるなら何よりだ。

しかし殿下に恋人。その衝撃は大きすぎる。

これだけ乙女ゲームの世界と似ているから、ヒロインもどこかにいるのかもしれない。だとしても、ヒロインと会うのは早すぎる。もしかして、ヒロインも転生者なのだろうか。

「ちなみに相手の名前だが……ルルア・レーゾン、レーゾン侯爵家の長女だ」

ルルア・レーゾン？　それはヒロインの名ではない。初めましての方だ。

……ということは、やっぱり神様の言う通り乙女ゲームとは関係ないのかな。

「私の知らない間に、そんなに大きな事件があったんですね」

「あぁ。まだこの話は公になっているわけではない。だが……」

「不祥事が明るみに出れば、ユエン殿下にとって後ろ楯の存在が重要になる……」

「あぁ。こういった不祥事が起きたら、王位継承権は剥奪される。だが、サン国の王位継承順位二位のソウナ殿下は病弱だ。政治に関わるのは厳しいだろう」

「はい。私もほとんどお会いしたことがありません。……ユエン殿下は優秀で貴族から圧倒的な支持を得ていました。この程度では揺るがないとは思いますが、後ろ楯は必要でしょうね……」

ユエン殿下には王としての素質と才能がある。彼ほど優秀な人間でなければ、とって代わることはまず不可能だろう。

「サン国の王が何を考えているのかも、気になるな。次期国王についてどう考えているか、知らなくてはいけない。……王自身がユエン王子を選ぶのなら、フィナとの婚姻が必要だろう。…………だとしても渡さないいさ。せっかくいい返事をもらったんだ。絶対に離さない」

改まって言われると恥ずかしい。

「どんな状況であれ、俺とフィナがサン国へ行かなくてはいけないのは確定だな」

「留守にしても大丈夫なのですか」

「あぁ。優秀な弟がいるからな」

「なるほど」

私もいずれ挨拶することになるのよね……セドの弟君に。

「テリジア公爵は俺にフィナを任せてくれたんだ」

「父様が……？」

「あぁ。やり取りするうちに、いつかフィナの同意を得られたら挨拶に伺うと約束した。だから、父君に伝える役目は俺にさせてほしい」

「それならば、ぜひ」

父様はいつも私のことを大切に考えてくれる。きっとたくさんセドと手紙のやり取りをしたのだろう。

「なるべく早く出発しよう。フィナ、準備をしておいてくれ」

「はい」

こうして私達はサン国へ向かうこととなった。

◇◆◇◆

然るべき時——彼女に正式な関係の構築を申し出る時。

出会いから比べればすごく親しくなっているのは明らかだ。彼女の笑顔が増え、自然に俺を意識してくれるようになった。彼女の俺を見る目が変わってきた。二人で過ごすときの空気はとても穏やかで、彼女は俺に気を許している。

俺達二人の関係は親密になった。

それならば、彼女に今一度思いを伝えるべきだ。だが……

言おうと思っていても言葉にすることができない。

原因はわかっている。

怖いのだ。

今の関係にまでなれただけで十分幸せで、それを自分の手で壊すことになったら――。きっと俺は耐えられないだろう。

王として何十年と過ごしてきたなかで、こんなに優柔不断になったことはない。自分はこんな人間だったかと呆れてしまう。

そんななか、俺に転機が訪れた。

「手紙……？」

シトラウルの返事だと思い込んだ俺は送り主の名を見て驚愕《きょうがく》した。

イグニード・テリジア。

その名前を見て、俺は震えた。

まさか、返事が来るなど思いもしなかったからだ。

彼女の父君の手紙……俺は緊張とともに封を開けた。

『ゼロ国国王陛下セルネスド・ゼロ様
この度はご連絡いただき誠にありがとうございます。

娘の件ですが、承知しました。温かい目で見守っていただければと思います。

もし婚約をお考えでしたら正式にことを進めるのは、少しお待ちいただければと思います。実は、娘の婚約者であるユエン第一王子ですが、いろいろと問題が発覚いたしまして』

書かれていたのはサン国王子の婚約者ではない恋人について。

詳しいことを綴られた二枚目を読む。終わりの挨拶まで目で追い、手紙を持つ手をゆっくり下ろした。

文面は、かなり堅苦しいものだ。やはり扱いあぐねているのか……と申し訳なくなった。

手紙を一度机に置くと、三枚目があることに気づいた。

急いで目を通す。


『ここからは、フィリシーナの父として本音を語らせていただければと思います。

娘から聞いたかもしれませんが、今の婚約は本人の意思ではありません。そして今のまま結婚すれば、娘は幸せになれないでしょう。それは私の本意ではありません。私は、娘に幸せになってほしいのです。もう何にも囚《とら》われることなく自由に生きて欲しいのです。そのためにはあの婚約は枷《かせ》となるでしょう。できることなら取り除いてやりたいのです。しかし私には不可能なのです。もしセルネスド様が動いてくださるなら、それにお縋《すが》りしたい。

娘からの手紙を何度か読み、セルネスド様になら任せられるかもしれないと考えております。娘がセルネスド様について語る文面はとても嬉しそうで楽しそうでした。できることならば私も娘を笑顔にしてくれる方に嫁《とつ》がせたいのです。もし関係が進展し、娘が同意いたしましたらぜひ一度、サン国へいらしてください。お国を離れることが不可能であれば私から伺います。私は、セルネスド様を歓迎します。いつかお会いできるのを楽しみにしています。

今後とも娘をよろしくお願いいたします。

イグニード・テリジア』

読み終えると、様々な感情が入り混じって胸が震えた。

父君のどこまでも娘思いな姿に感動し、父君が好意的に見てくれることが嬉しかった。彼女との距離が縮まったときに感じたものとは異なる喜びだった。

そして、ようやく決心がついた。今ならあと一歩を踏み出せそうだった。

関係を壊したくないという気持ちに、彼女を自分の手で幸せにしたいという気持ちが勝ったのだ。

静寂のなか、俺は一大決心をして彼女のもとへ向かった。

彼女の部屋の扉の前に立ち、気持ちを整理した。

伝えたい思いと届けたい言葉をまとめて、扉を開けようとした。

勢いよく扉が開き、彼女が出てきた。

まだノックもしていなかったので多少驚いたが、彼女と話すために部屋に入れてもらった。

さりげなく会話を始め、機会をうかがった。どんどん彼女は思いもよらない、不意打ちのような言葉を告げる。一つ一つ噛みしめたかったが、次第に強い決意を感じた。その予感は当たった。

それは俺にとって幸福そのものだったが一つわがままを言った。

――どうか、その言葉は俺に伝えさせてくれないだろうか。

彼女の返事は早かった。

嬉しくて、全身に喜びが満ちる。

彼女を見つけたあの時と同じような感覚だった。

これ以上ない喜びが続いたせいか、胸の高まりは収まる気配がなかった。

彼女を誰よりも幸せにする。再び堅く誓う。

生涯、忘れることのない思い出として、今日という日を胸にしまった。

◇◆◇◆

翌日、当分の間サン国へ行くことと、舞踊の稽古をお休みすることを伝えようと先生を待っていた。

すると、ただならぬ雰囲気で先生が部屋へ駆け込んできた。

勢いよく扉が開き、そのままの勢いで駆け寄る。

「フィリシーナ嬢！」

「ど、どうしました先生。そんなに急いで」

「…………に会ったんだ」

「え？」

「神様に！　会ったんだ‼」

「…………えっ」

神様ってあの神様だろうか？

昨日いきなり現れていろいろ教えてくれた……

「その神様が、言ってたんだフィリシーナに会ったって」

うん。間違いない、同じ神様だ。

「と、とりあえず落ち着いてください先生。順を追って説明しますので、その後先生の話を聞かせてください」

「わ、わかった」

一旦落ち着いたところで、座って話をすることにした。

「実は――」

昨日神様と出会い教えてもらったことと確認したことを全て話した。

「…………そっか」

どうやら徐々に状況を呑み込んだようだ。

「現実なんだね、これは」

「はい……」

まさかあの後先生に会いに行くとは思わなかった。

「私はね昨日の夜、眠ったら現れたの――」

◇◆◇◆

いつものように眠りについたと思えば、なんだかよくわからない場所に来てしまった。歩いても歩いても景色は変わらない。どうしていいかわからなかったから、ここが夢なら覚めてしまえば良いと思って頬を叩こうとした……その時。

「駄目駄目！　そんなことしたらここから消えてしまうよっ」

声とともに現れたのはなんだか弱々しくやつれた男だった。

「何度も挑戦してようやく繋がったんだ。僕の苦労をそんな簡単に台なしにしないで……」

「……どちら様？」

「僕はこの世界の神様です」

「……変な夢」

「ゆ、夢だけど夢じゃないんだ！　信じられないだろうけど、僕は本当に神様なんだ」

男の言動は怪しすぎてどうしたものかとため息をつく。

「……神様が何の用です？」

「君に謝るために、ここに来たんだ」

「え？」

「フィリシーナから聞いたんだ。タイムリープしてしまった者がいると。そしてそれが君だって」

「…………」

思わず息が止まる。そして唯一の理解者で得あるフィリシーナ嬢が話したのなら、とこの男の言うことを信じそうになる。

「……確かに私はタイムリープしたけれど」

「それは僕が原因なんだ」

「原因って……」

「一から話すから聞いてもらえないかな」

「わかりました」

酷く疲れたように話す男を見て、拒否することはできなかった。

「まずは……」

フィリシーナという国王陛下の番《つがい》を見つけて、神がここを留守にしたわずかな時間と、私が刺されてやり直したいって思った瞬間が奇跡的に重なったことで、私はタイムリープしたのだという。

「ニュミニーナ。君は本来だったらあの時死を迎えて、別の人間に生まれ変わるはずだった。それを僕の行動で叶えてあげられなくて、本当に申し訳ない」

どうしてこの男が謝るのかわからない。

「…………なぜ、あなたが謝るのですか」

「君の運命をねじ曲げてしまったから」

「……それが事実ならば、私はあなたに——神にお礼を言わなくては」

「お、お礼？」

怒られると思っていたのだろうか。

神の言うことが本当ならば、私が怒る理由なんてどこにもない。

「神よ、不作為だとしても私に人生をやり直す機会を与えてくださり、心より感謝いたします」

「え、え」

「この先たとえ同じ運命を辿《たど》ることになったとしても構いません。……十分やり直すことができましたから」

「あ、えっと」

信じがたいがこの男はたしかに神なのだろう。フィリシーナ嬢に会ったと言っていたから、目が覚めたら聞いてみることにしよう。

「あ、あのニュミニーナ」

「何でしょうか」

「同じ運命を辿《たど》ることはないよ。君がやり直す前と今とで大して歴史は変わっていない。それなら、僕が干渉する理由はないんだ。だからこれからは、どうかやり直した人生を楽しんで」

「………本当、ですか？」

「本当だよ。神様は嘘はつかないんだ」

神の言葉を理解できたとき、体の力が抜けてへたり込んだ。

「ニュミニーナ、大丈夫……？」

「あ……」

返事をしたいのに上手く声が出ない。

張り詰めていたものが一気に解けた気がした。ようやくあの一度目の人生から解放されるのだと思うと言葉にならないほど、嬉しかった。抱き続けた死への恐怖が少しずつ和らぐのがわかった。心から安堵したからか涙が溢れる。

「……長い間辛い思いをさせてしまったね。いくら君がそう願ったとしても叶ってはいけない願い事だった。強制的にやり直させられたのだから。君が現状に満足していたとしてもそれは結果論に過ぎない。計り知れない過ちを犯したことに変わりはないんだ。だから、その償いをさせてくれないだろうか」

「償いだなんて」

たしかに神の言う通りだった。だとしても、私は償いなんてほしくない。

「お気持ちだけで十分です。それに今以上のことを望んだらバチが当たると思いますし」

「でも……」

「大丈夫です」

たとえ神が譲らなくても私も譲るつもりはない。

「うっ……」

「では、もう行きます……」

「待って！」

「……まだ何かあるのでしょうか」

「償いがいらないのなら、せめて君にはこの先のことについて安心してほしいんだ」

「安心ですか」

「うん」

「わかりました。そういうことならば――」

◇◆◇◆

「それで何を見せてもらえたんですか？」

「今実家がどうなっているか見せられたよ」

「どう……でした？」

「父は兄に爵位を譲って隠居生活。兄は父のコピーみたいなものだから……良い意味でも悪い意味でも変わってなかったよ。でも確信はできた。あの様子なら私のことを連れ戻すことはないってね。すっかり忘れているみたいだったから。普通娘のことを忘れるなんてあり得ないでしょう？　でもそれがあの家――マレスト公爵家よ」

「ある意味……すごいですね」

そういう人間は簡単には変わらないだろう。

………母を思い出してしまった。

彼らが同じ種類の人間なら、確かに心配する必要はなさそうだ。

「本当にね。……それで、次に見せられたのは一度目の人生の時の婚約者だった」

「あの……」

「屑男、ね」

言い切ってしまうあたりが先生らしい。

「結婚してたわ」

「それは、別の方と、ということですよね？」

「ええ」

「……その方が次の被害者にならないとよいのですが……」

「大丈夫そうだったわ」

「え？」

屑男が改心したのだろうか。

「相手が強《したた》かな子みたいでね、不倫の証拠をきっちり集めて離婚する準備をしてたわ。あれはかなりの額がとれるわよ……下手したら屑男の家は潰れるかもね」

「それはすごいですね」

楽しそうに話す姿を見ると、屑男への恨みが晴れたようで良かった。

「最後は私を刺した女ね。あの子はまた屑男とくっついたみたいでね。結婚した子が刺されないか心配だったけど、女が恋に本気になる前に離婚が成立するみたいだったわ」

「それは不幸中の幸いと言いますか……」

それでも不倫相手の一人として慰謝料を請求されるのだろうなと思った。

「……とまぁ、神様が一度目の人生に関わった人達の現在を見せてくれた。おかげで不安が吹き飛んだわ」

そう言う姿は本当にすがすがしそうで、今まで見た先生のどの笑顔よりも段違いに輝いていた。

「……良かったです。神様と先生が会えて」

「えぇ」

「先生の悩みの種がなくなりましたね」

「ありがとう、フィリシーナ嬢」

「私は何もしていないですよ」

先生の抱えてきた問題に片がついて本当に良かった。

「そうだ。先生、私明日からサン国へ行くんです」

「…………帰るの？」

「いいえ、一時帰国です。片付けなくてはいけない問題があって」

目的はユエン殿下との婚約をなくすこと、そして——

「実家に、挨拶をしに行きたいので」

「え」

先生が身を乗り出してきた。

「つまり、国王陛下との婚約を受け入れたってこと!?」

「はい……」

「それは何というか…………聞いてないわ」

「初めて言いますからね」

「そっか…………ついに決めたか」

「はい」

「…………やはり国王陛下は策士なのか……」

考え込むように呟く。

「フィリシーナ嬢はそれでいいんだね？」

「……はい」

「それなら良かった」

「あ、先生このことは――」

「もちろん口外しないよ。正式に決まるまではね」

「ありがとうございます」

まだセドとの婚約が正式に決まったわけではない。今この婚約という問題をどうにかしなくては
そこから先には進めないのだ。

「フィリシーナ嬢。大変だと思うけれど、頑張って」

「はい！」

大きく頷き、今一度自分に活を入れる。

そして出発前最後の舞踊指導を受けるのであった。

第五章

まだ留学してから一か月しか経っていないけど、サン国へ戻ってきた。

しかもゼロ国の王であるセドと一緒に。こんな状況になるなど、出発時は思いもしなかった。

馬車の隣に座るセドは、そわそわしている。

「やはり緊張するな、フィナの家族にご挨拶をするのは」

「セドでも緊張するんですね。……威厳ある普段の姿からは考えられません」

「今の俺に威厳は求めないでくれ。愛する人の家族に認められたくて、必死なんだ」

出会った頃のあの姿からは想像もつかない。

馬車の中でも当然、向かい合わせではなく隣同士である。正直、この距離の近さにはまだ慣れないが、傍にいられるのは嬉しく思うようになってきた。

「セド、髪にゴミが」

「ん？」

「あ、動かないでください」

出会ってからともに過ごした時間は少ないが、今も少しずつセドに惹かれている。

セドの想いに追い付くには時間がかかるだろうが、きっといつか追い付けると信じる。

「ありがとう、フィナ」

「いえ」

想いが通じてから、セドがまとう雰囲気は一層甘くなった。

「あ、もう少しで着きます」

見慣れた風景が目に飛び込んできた。

離れてからそんなに経ってないのに、やはり懐かしい。

……家が見えた。玄関には、私を送り出したときと同じ光景が。

「わぁ、皆いる」

「……緊張してきた」

青ざめた顔でセドが呟く。

「大丈夫ですよ。そんなに身構えないで」

「そうは言ってもだな……」

「……リラックスですよ」

そう言って、おまじないのようにセドの片手を私の両手で包んだ。

「……よけいに心臓が煩《うるさ》くなったな……」

セドが何か呟いたが、手を握ったのはきっと効果があったのだろう。顔が色味を取り戻した。

間もなく到着し、馬車を降りる。

父様やラドはもちろん、ほかにもキナをはじめ使用人が揃って出迎えてくれた。

「ただいま戻りました」

「おかえり、シーナ」

「おかえり、姉様」

「「おかえりなさいませ、お嬢様!!」」

温かい言葉で迎えてくれてすごく嬉しかった。

「ただいま……こちら、ゼロ国のセルネスド・ゼロ国王陛下です」

「セルネスドだ。よろしく頼む」

先程までの緊張をまるで感じさせない、貫禄ある挨拶。

父様は緊張している。ラドはその父様のそばに控えている。

二人の挨拶が済んで、私達は応接室へ向かった。

「フィナの部屋はどこにあるんだ?」

早速、セドが話しかけてくる。

「後で案内しますよ」

「あぁ。楽しみだ」

「特別なものは何もありませんよ?」

「フィナが過ごした場所ということに、意味がある」

「そういうものですか……」

移動中、セドといつも通りの会話をしていると、父様とラドが話すのが聞こえた。

「父様……遂に来ちゃいましたよ」

「あぁ、ど、どうしよう」

「でもまぁ……どうにかなりますよ。うん」

「いや、ラド……どうしてお前は緊張しないんだ」

「父様が緊張しすぎなんです。それにしてもさすがですね。男の俺から見てもカッコいいなぁって思いますよ」

「いや、そこじゃない」

「父様はもう少し落ち着いてくださいよ」

「できればしているよ……」

父様はまだ戸惑っているけれど、ラドはすっかり落ち着いている。

応接室に着くと、改めて挨拶が始まった。

「えっと……その、フィリシーナがお世話になっています」

「いえ、そんなことは」

「シーナはその……粗相はしておりませんか？」

「そのようなことは全くない」

「そ、そうですか」

緊張しまくりの父様。

私は一周回って緊張が飛んでいったセドと会話する。

「まさか姉様が、国王陛下を捕まえるとは思わなかった」

「ラド、誤解よ。捕まえてなんていないから」

「あぁ、捕まったのか」

「言い方」

「それで？　幸せになれそう？」

「…………うん」

「その言葉が聞きたかったんだ」

ラドはあの手紙の続きのように、いろいろなことを聞いてきた。

話している姿を見ると、安心する。

「「…………」」

型通りの挨拶が終わり、セドと父様の会話が滞《とどこお》る。

すると、ラドが声を上げた。

「それで？　姉様は国王陛下の求婚を受け入れたんでしょう？」

「え、えぇ」

「なら相思相愛ってことだ。心から祝福するよ。……国王陛下、姉様を必ず幸せにしてくださいね？」

「もちろんだ。俺の全てをかけて幸せにすると、ここで誓おう」

何度聞いても嬉しいけれど、今日は一段と力がこもっていた。

「なるほど、わかりました。……姉を頼みます、国王陛下」

そう言うと、ラドはゆっくりと頭を下げた。

「ふつつかな娘ですが、どうか、よろしくお願いいたします」

続けて父様が深く頭を下げる。

「あぁ。任せてくれ」

私は黙って一緒に頭を下げた。

その後、ラドは興味深そうにセドに質問をした。

その様子を私と父様は見守っていたのだが……

「ラドナード、俺のことは国王陛下でなく名前で良い。敬語もいらない」

突然、セドがそう告げた。

「な、な、名前っ。け、敬語……」

父様は卒倒しそうになる。

「名前かぁ。……そうだな、セル義兄様《にいさま》はどうかな？」

ラドの方はあっさりと受け入れていた。

「うん、いいな」

「ラ、ラド！　義兄様《にいさま》って……」

「え？　だって遅かれ早かれ姉様と結婚するんでしょう。ねぇ、セル義兄様《にいさま》？」

「そのつもりだ」

「いや、うん。それは、うん」

セドは当然のごとく頷く。父様も慌てて首を振る。

「それなら、父様も緊張していないでセル義兄様《にいさま》のこと、家族だって考えたら？」

「か、家族……」

恐れ多いという気持ちが伝わってくる。

「………」

いや、父様。私に助けを求めないでください。チラって私を見ても何もできませんよ？

「まだ父様にはハードルが高いかな？」

ラドが仕方なくフォローに入る。父様は見るからに緊張しっぱなしだが、おそらくセドもそうだと思う。二人が打ち解けてくれると良いな。

話が一区切りつき、もう一つの本題に入った。

「……ユエン殿下は、今は？」

「王家は全く動かない。何か目的があるかもしれないけど、ユエン殿下は、今もルルア・レーゾンに会っているらしいよ」

「殿下がそんなことをなさるとは……」

私も驚いた。

「何はともあれ、二日後、俺とフィナはサン国王に謁見する予定だ」

「もう用件は伝えていらっしゃるのですか？」

心配そうに父様が尋ねる。

「あぁ。国王と王妃には親書を送ってある」

「そうですか」

「ということは、明日が大事になるね。長旅で疲れているだろうし、今日はもう休んだら」

ラドの提案に父様も頷く。

「そうする。セド、部屋に案内します」

「わかった」

こうしてこの場はお開きになった。

セドが用意された部屋に行く前に、私の部屋を見たいと言うので、案内することにした。

「ここがフィナの部屋か」

「はい。……普通の部屋ですよ？」

「いや、フィナらしさがある。雰囲気も落ち着いていて、俺は好きだな」

「そうですか。自分の部屋なので私は落ち着きますが」

部屋を褒められるのは変な感じがする。

「とても……………温かい家族だな」

「そうですか？」

「あぁ。フィナは……あの二人に大事にされて育ったんだな」

「はい。そうだと思います」

自分で肯定するのもなんだが、父様もラドもかなり私のことを考えてくれる。

「フィナ……これからは俺が大切にする」

そう言うと、優しく私を腕の中に引き込んだ。

「……フィナ、愛してるよ」

額にセドの温もりを感じる。顔は熱いけど、段々とセドに触れられるのには慣れてきた。歩み寄った結果だと信じたい。

◇　◆　◇　◆

彼女の部屋を後にした俺――セルネスドは、先ほどの応接室へ戻った。

そこには、父君の姿がある。

四人で話した後、二人きりで話さないかと父君から提案されたのだ。

喜んでその申し出を受けた。

「待たせたようで、申し訳ない」

「い、いいえ。心の準備をするには足りないくらいでしたので……」

すごく表情が硬い。緊張が表情だけでなく、声や雰囲気……全てから伝わる。

「……どうか俺には、ゼロ国の国王ではなく、一人の男として接してくれないか」

「……良い、のですか」

「もちろん」

「………………わかりました」

父君は深呼吸をして改めてこちらと向き合った。

「……先程言えなかったことを言わせていただきます」

「ああ」

「シーナを……娘を必ず幸せにできますか」

「必ず……誰よりも幸せにする」

そう告げると、しばらく沈黙が続いた。

その間、俺は父君から決して目を逸らさなかった。……父君もまた俺を強く見つめていた。

「…………陛下になら娘は託せそうです」

「かたじけない」

「……初めて手紙を頂いたとき、すごく驚きました。でも手紙を読むととても緊張しておられるのが伝わりました。私は手紙だからこそ落ち着いた物言いですが、いざ対面してしまうと駄目ですごく緊張してしまう。陛下は私とは逆のようですね」

「そんなことはない。顔に出ていないだけだ」

「そう……なのですか。では同じですね」

「ああ」

そこで初めて父君の笑みが見られた。

「俺は身分も歳も上だから扱いづらいだろう。それでもこうして温かく迎えてくれたことに感謝する」

「扱いづらくなどありませんよ。それに……陛下の方も丁寧に対応していただき本当にありがとうございます。手紙から訪問まで一つ一つの行動に誠意を感じました。それと、娘を大切にする思いも。だから任せられると思ったのです」

「そんなに評価してくれるのは嬉しいことだ」

「そ、そんな」

父君の人柄の良さが見える。

「留学を許可してくれたことにも感謝している。彼女がゼロ国へ来なければ俺は幸せを知らないままだった」

「私はただ頷いただけですよ。……それにしても娘はどこか突拍子もないところがあって、いつも驚かされます。本当に迷惑をおかけしていませんか？」

「今のところは。……だが、父君の言うことはわかる」

アプローチの反応が急に変わったことが脳裏をよぎる。

「すみません」

「いえ。彼女のことであれば苦ではない」

突拍子もないところも可愛い。

「……いつかゼロ国へも来てほしい」

「良いのですか」

「ぜひ」

一度父君に我が国を見ていただきたい。そして、今度は俺がもてなしたい。

「そうおっしゃるのであれば」

了承してくれた。

それからはゼロ国での彼女の暮らしぶりについて話した。

思ったよりも長く話していたようで、時間があっという間に経っていた。

最後に、父君に問いかける。

「俺は父君を何と呼ぶべきだろうか」

「そうですね……よろしければ、名前で呼んでいただけないでしょうか」

「では俺のことも名前で呼んでほしい――イグニード殿」

「おそれ多いことながらそう呼ばさせていただきます、セルネスド殿」

名を呼び合ったおかげで、一層打ち解けられた気がする。

「では、今日はもうお休みくださいませ」

「わかった」

その言葉で、解散となった。

俺は用意された部屋へ行くと、一人感傷に浸った。

いつか、イグニード殿と酒でも飲み交わしたいと新たな願いを抱いた。

サン国での難所を首尾良く乗り越えられたことに喜びながら、深い眠りについた。

◇　◆　◇　◆

翌朝。

朝御飯を家族で食べようと思ったが、父様は至急の仕事で王城へ向かった。ラドも手伝いのためにそれについていくらしい。

セドは朝食をともにできないことが残念そうだったが、二人だけで朝食をとるのもいいものだと切り替えて席についた。

その後、私は彼に家や庭を案内した。

「ゼロ国とはまた雰囲気が全然違うな」

「はい」

「よく手入れされているな」

「セドは花が好きなのですか？」

「嫌いではない。俺というよりも、花は母が好んでいたな。そういえば、ゼロ国の王城にも庭園はあったが、城から離れていたから案内していないな。帰ったら見に行こうか」

「はい。見てみたいです」

「フィナは花が好きか？」

「好きですよ。特に好きな花があるわけではありませんが、見ていて和《なご》めるので」

だから、よく家ではこの庭が見えるテラスでお茶をしたものだ。

「そういえば、ゼロ国へ出立する前にこのテラスでラドとお茶をしたんです」

「そうなのか」

「はい。普段は誘っても絶対に断るんですよ？　それでも、あの日だけは付き合ってくれました」

「お茶や甘いものが嫌いなのか？」

「というよりも、自分が面倒だと感じたものはやらない主義なんです。……だから、後継者の勉強も面倒がっていないか不安でした。手紙ではしっかりやっていると言ってましたが……」

基本的にラドは面倒くさがりだ。少しでも面倒だと思ったら手をつけない。

「……ラドはやるときはやる男だと思うぞ」

「そう見えましたか？」

「あぁ」

やるときはやる、か。

なら、それはこの家を継ぐときまでとっておいてもらおう。


その日の午後、思わぬ人物が訪ねて来た。

「お嬢様、お客様にございます」

昼食を済ませた頃、執事のロイが告げる。

「困ったわね。今、父様もラドもいないからそう伝えてくれる？」

「いえ、お嬢様にお会いしたいとのことですが」

「私？　……わかったわ、通して」

「かしこまりました」

まさか……ユエン殿下だろうか。

……いや、さすがにそれはないだろう。今まで一度も来たことはないのだから。

「フィナ？　どうした」

席をはずしていたセドが隣に座った。

「お客様がいらしたそうです。それも、私に用があると」

「……妙な話だな」

「はい。思い当たるのがユエン殿下ぐらいなのですが、それは絶対にないと思って」

「なるほど。……俺も同席しよう」

「ありがとうございます」

お客様は、フードを深く被り、お忍びのような出でたちだ。

「……どちら様でしょうか」

慎重に問いかけた。

「…………」

すると待っていたかのように、その人物はフードを取った。

「お久しぶりにございます、フィリシーナ嬢。そして、ゼロ国国王陛下、お初にお目にかかります、サン国第二王子ソウナと申します」

それは、予想外過ぎる人物の登場だった。

「ソ、ソウナ殿下。ご無沙汰しております」

慌ててカーテシーをする。

「突然の訪問にもかかわらず受け入れてくださり、感謝いたします。フィリシーナ嬢、そしてセルネスド陛下にお話ししたいことがあって参りました」

「護衛もつけずに、ですか？」

「いえ。外で待たせてあります」

一人で来ていないのなら安心だ。

ソウナ・サン第二王子。歳は私より三歳年下の十五歳だ。

生まれつき体が弱く、できる公務が限られている。優秀だが、将来政務を担うことができるか危ぶまれて、継承権は持っているものの、可能性はないに等しい。

「どうぞ、お掛けください」

「ありがとうございます」

ソウナ殿下が座ると同時に、私も腰を下ろした。

「私が来たことを疑問に思われるのは重々承知です。まず私の話を聞いていただけないでしょうか」

「わかりました」

「構わない」

私達が同意したことで安心したようだ。

「まず、私は王妃の使いで参りました」

「王妃の……？」

「はい。……もう、我が兄の不祥事は耳に入っているかと思います。これだけでも立派な婚約解消の理由になりますが、その上、フィリシーナ嬢はセルネスド国王陛下の番《つがい》なのですから。……本来は」

ソウナ殿下は申し訳なさそうにうつむく。

「私が病弱でなければ、兄の廃嫡は容易だったでしょう。しかし現実はそうはいかず、幼い頃から優秀だったユエン殿下こそがこの国の次期国王と祭り上げる信者のような貴族がいるのです。他の女性に多少うつつをぬかしたところで、兄の次期王の座は揺るがないでしょう。ですが、それを許さない者達も当然いる。その勢力を抑える楯として、兄を支持する者達はフィリシーナ嬢の存在を利用したいのです。最近では、兄を支持する過激な集団が不祥事を隠蔽《いんぺい》しようとしたり、フィリシーナ嬢との婚約を強固にできないかと裏で企んでいるようなのです」

そこまでする人がいるのも、不思議ではない。

それほど、彼は王にふさわしい人格者だった。

「ソウナ殿下、お聞きしたいことがあるのですが」

「なんでしょうか」

「本当にユエン殿下は、二年もの間その恋人とお付き合いしていたのでしょうか」

そんな素振りは全くなかった。

……まあ、私も全くユエン殿下に興味がなかったから断言はできないが。

「はい。していました。…………そのせいで、仕事にも支障をきたしているのです」

「え……？」

「書類のミスが増えたり、公務に関する確認不足があったり……と」

ユエン殿下はミスをしない方だった。とにかく完璧な方なのだ。

「それが一度や二度ではなく、最近は頻繁に起こるようになりました。それくらいの間違いには目をつぶるべきだと言う者もいますが、王妃は黙っていませんでした」

「王妃様が？」

「はい。王妃は〝恋愛にうつつを抜かすのはいい。けれどその恋が国に何をもたらすか考えられないような者は王としてふさわしくない〟とのことでした」

自分の息子であろうと容赦しない王妃は、本当に素晴らしい方だと思う。

「代わりはいるのか？」

セドがソウナ殿下に尋ねる。

「はい。ついこの前まで、王位継承権を放棄するとおっしゃっていた方が、思い止まってくださったのです。……その方は兄に劣らない優秀な方です。王妃もその方が王位を継ぐ意志を持ってくれたことを喜んでいました」

「なるほどな」

「その方が王位を継ぐと決めてくださったお陰で、兄を廃嫡することが可能になります。ですから、フィリシーナ嬢と兄の婚約解消はほぼ決定しています。今日こうして内密に会いに来たのは兄を祭り上げている者達を恐れているからです。彼らの行動は段々と過激になっているので。……お話しすることは以上です。では僕はこれでお暇《いとま》いたします」

ソウナ殿下は立ち上がり、身支度を整える。

「ではまた後日、お会いしましょう」

見送りは不要と言われ、後ろ姿をただ眺めるだけになってしまった。

「…………ところでフィナ。何を落ち込んでいる？」

どれだけ取り繕《つくろ》っても、セドはお見通しのようだ。

「…………王位継承権を放棄する予定だったのはラド、なんです」

「ラド？」

「はい。私の父の母と現王妃の父が兄妹で、父様と王妃様は従兄弟《いとこ》にあたります。……私にも王位継承権がありましたが、それを放棄することを条件にユエン殿下と婚約を結びました。なので今、王位継承順位第三位はラドナード・テリジアということになります」

「王家の血を継いでいるのは王妃で、テリジア家はその血縁だったのか。……それで？　フィナは心配なのか」

「はい。……私のせいで、無理をさせてしまった気がして」

あのラドが、自ら望んで王位を継ぐなんて考えにくい。

となれば、私がユエン殿下と婚約解消できるように、動いたとしか考えられないのだ。

「……やはり、やるときはやる男という見解は合っていたな」

「えっ？」

「ラドにとって、今がそのときだったのかもしれない。……とにかく話し合うのが一番だろうな」

「……そうですね」

ラドが何を考えているか、わからない。

……それならば、本人に確かめれば良いのだ。私には本音を聞く権利があると思う。


ラドが帰宅したのは翌日の朝だった。

「…………ラド、話があるのだけれど」

「奇遇だね。俺もだよ、姉様」

どうやら、ラドも私に話があったようだ。

「…………王位継承権、放棄しなかったのね」

「知ってる通り、放棄するつもりだったんだ。王位になんて興味なかったし、ふさわしい人間がいたからね。……でも状況が変わった。ユエン殿下は王になるべきではないと思う。俺は自分のことしか考えられないような人間は、王にふさわしくないっていう王妃の考えに同意するよ。決して国の頂点がそうあってはならない」

そう語るラドは、いつの間にか知らない間に成長していたようだった。

「そうだとしても……私の件がなければ、ラドは王になろうだなんて思わなかったでしょう」

「……違うよ。実は王位継承権をすぐに放棄しなかったのは、最後の切り札としてとっておきたかったからなんだ」

「切り札？」

「うん。いつか、姉様が望まない婚約を解消できるようにって」

「えっ…………？」

「もともとそういう目的で残しておいたから。結果としては満足だよ」

「どういうこと⁉」

ラドが何を考えているのか、ますますわからなくなる。

「……姉様。前にも話したよね。姉様がユエン殿下と婚約したことで母様の興味が全てそっちに向いた……あの癇癖《かんへき》も含めて。お陰で俺は自由にのんびり過ごせた。子供の時期にあれだけ自由に過ごせるなんて、なかなかないよ。あの日々は、いつ思い返してもありがたいことだった。……それだけじゃない。俺は姉様に何もできなかった。父様にはどうにかする力はあったけれど、俺には何もなかった」

「そんなの……当たり前じゃない。ラドは幼かったんだから」

「……それがどれほど悔しかったか。大好きな姉が目の前で苦労しているのを助けてあげられない。

ただ見過ごすことしかできないんだ。……でも今は違う。俺にもどうにかできる」

そう言うと、ラドは心底嬉しそうに笑った。

「姉様、俺は今まで十分自由に生きた。姉様に助けられてね。今度は俺の番だよ」

「ラド……でも、王になるのは大変なことで――」

「それを気にしているなら大丈夫だよ。手紙に父様の仕事の手伝いをしていたって書いたでしょ？」

「え、うん」

「実は結構前からやっていたんだ。そのなかで解決策や改善案を何度も提案してさ。それがかなり好評だったみたいで、いつの間にか王妃様に伝わっていたみたいなんだよね。そこから目をかけてもらってた。素質があるって」

「王妃様が……」

「それに、知ってた？　最近ユエン殿下がミスした仕事のフォローって、俺がしているんだよ」

さらりと言うことじゃないな、それ。

「……昨日さ、セル義兄様《にいさま》にたくさん話を聞いて、王になるのも悪くないなって改めて思った。それにさ、セル義兄様《にいさま》を見ていてすごく格好いいと思ったんだ。あんな風になりたいって」

「……そっか」

「うん。だから俺は、今とても満足してるよ」

そう話すラドには嘘はなかった。

清々しい笑顔で、後悔はないように思えた。

「……ラド、立って」

「何、急に」

「いいから」

ものすごく唐突に、抱き締めたくなった。

「ちょっと」

ラドは恥ずかしいようだが気にしない。

「いいから。……ありがとうね」

「幸せになってね」

「……ラドもよ」

「わかった」

弟というだけで、いつまでも子供のように思ってしまうけれど、今のラドは子供じゃない。よくここまで成長したなぁって思う。それは、嬉しくも寂しかった。


日が変わると、私とセドは謁見に向かう準備を始めた。

「俺と父様も後で行くよ」

ラドにそう言われて、後で合流することを伝えられた。

「ではフィナ、行こう」

「はい」

馬車に乗り込み、王城へ走る。

王城へ向かうときはいつも憂鬱だったが、今日は違う。

そんな日が来るとは、思いもしなかった。


いつも長いと感じていた道のりも、セドがいればあっという間だった。

サン国の王城を久しぶりに見て、ゼロ国の壮大さを改めて感じた。

「こちらでございます」

到着早々、謁見室へ案内される。

サン国国王と王妃様に会うのは本当に久しぶりだ。

「ご無沙汰しております。テリジア公爵家長女、フィリシーナ・テリジアにございます」

「久しいですね、フィリシーナ」

王妃様と目が合う。とても柔らかい雰囲気の方だ。

「ゼロ国国王陛下、遠路はるばる我が国をご訪問いただき、心より歓迎いたします」

「サン国国王、よろしく頼む」

やはりセドは国王だなと実感する。

「それでは早速本題に入りましょうか」

優しく微笑む王妃様。

「はい」

「あぁ」

私とセドは頷く。

「セルネスド国王陛下は、フィリシーナとの婚約、及び婚姻をお求めですね？」

「あぁ。先日の手紙で伝えた通り、フィリシーナは我が番《つがい》だ。サン国の国王と王妃ならば、それがいかなることかは理解いただけると思う」

「はい。……何せ似たようなことが少し前にも起こりましたから」

「似たようなこと、か？」

「はい。私の従姉妹《いとこ》も、留学に行ってゼロ国で婚姻を結んだのですよ」

それはもしかしなくても、ローゼ叔母様のことだろう。

「それは、ソムファ侯爵夫人のことか」

どうやらセドも思い当たったようだ。

「そうです。まさかまた、同じようなことになるとは思いもしませんでした」

その微笑みは苦笑いにも見えた。

「……フィリシーナ。まずは謝罪をさせてください。愚息が二年も貴女を裏切っていたこと。……大変申し訳なく思います」

「お止めください、王妃様。私とユエン殿下が不仲なことはご存知のはずです」

「だとしてもです。不仲であれば、他に恋人を作っていいということはありません」

「……フィリシーナ、私からも謝罪させてくれ」

国王陛下まで頭を下げ始めてしまった。

「……わかりました。謝罪をお受けいたします」

そう言わざるを得ない状況だ。

「ありがとう、フィリシーナ」

「いえ」

前置きを終え、いよいよ本題に入る。

「それでは、私と殿下の婚約は」

「もちろん破棄を認めます。……ユエンに王位を継がせるつもりはありません」

「……良いのか。実子に継がせずに」

セドが素朴な疑問を投げ掛けた。

「確かに、実子が継ぐのが親としての最大の願いでしょう。ですが、国の未来を私情で決めることはなりません。ふさわしい者がこの国を導くべきだと考えています」

この女性が、王妃となった理由が、今の答えにあった。

「ラドナードがこの国の未来を背負うとき、テリジア家の未来はソウナに任せます。ユエンの処分はまだ検討中です」

こんなに話が進んでいるとは思っていなかったので拍子抜けしてしまった。

「この後は諸々の手続きで忙しくなると思います。短くても一日はかかるでしょう。城内に部屋を用意させましたので、本日はどうかそこへお泊まりください」

「お気遣い感謝いたします」

婚約についての話が一段落つくと、セドはサン国国王と政治的な話をするため、私と王妃様はその時間を別室で過ごすことになった。

「改めましておめでとう、フィリシーナ」

「ありがとうございます」

私は王妃様に聞きたいことがある。

忙しいなか、時間を割いていただいているのだから、有意義なものにしたい。

「あの、王妃様」

「どうしました？」

「今回の殿下の不祥事、私にも非があると思います」

「それはまた……なぜそう思うのです？」

「……私と殿下が不仲であることも、原因の一つだと思うからです。それに、婚約者としての私の評判はひどいはずです。いくらでも私のせいにできたと思うのですが……」

そうすれば、私を婚約者として留め、ユエン殿下に王位を継がせることも可能だったはずだ。

「……フィリシーナ。貴女は知らないと思いますが、貴女と周囲の認識は異なりますよ」

「……え？」

「貴女は、自身を婚約者につきまとう、しつこい女と思っていたかもしれません。ですが、周囲では貴女の頑張りをことごとく冷遇するユエンの評価がすでに下がり気味でした。婚約者を大切にしない王子や、心のない非道な王子などと言われていたんですよ」

「そんなことが……？」

「えぇ」

てっきり私は、自分の悪い噂が流れていると決めつけていた。

「それに、ユエンには、王としてなくてはならないものが欠けていました」

「なくてはならないもの……？」

「人を見抜く力、です」

「人を見抜く力ですか」

それは確かに必要要素かもしれない。セドを思い出して、そう思う。

「現に、フィリシーナ。貴女の本性を何一つ見抜けなかった。貴女の演じた姿をそのまま受け入れ、信じて疑わなかった。……見たものをそのまま受け入れてばかりでは、王になったとしても立ちゆかないでしょう」

「ま、待ってください！　どうして私が演じてるって」

「貴女の置かれた状況を知っていたら、そう結論づけるのは難しくはありません。私は貴女が足繁く王城に通う姿を見ていますが、とてもユエンに会いたくて来ているようには見えませんでしたよ？　……関わりの少ない私でさえ、貴女の本心がわかるというのに、ユエンはそれが全くできなかった。だから、国を任せられるかはとても不安でした」

まさか、王妃様に筒抜けだったとは。

「今までご苦労様でした。大変だったでしょう。結果、面倒を押し付けるような形になってしまいましたから」

申し訳なさそうに王妃様は言葉を続ける。

「挙げ句の果てに不祥事ですもの。救いようのない息子です」

ユエン殿下はとても優秀で、国王になるのが当たり前——そう思っていたが、母である王妃様からすると全く違ったのだ。

「……ですが、ユエン殿下が次期国王と信じている方も多いのではないでしょうか」

「確かにそのような貴族は存在します。ですが、仕事でミスをしたり不祥事があったりと信用を損なってきたせいか、段々と数は減りました。それでも注意をしなくてはなりません。なかには妄信する者までいるようですから」

「妄信、ですか」

「ええ。ユエンを王位に就かせようと、過激なことを考える者もいると聞きます。フィリシーナに害が及ぶことはないと思いますが、どうか気をつけてくださいい」

「はい、肝に銘じます」

注意するよう促されたところで、セド達の話も終わった。

それから手続きが始まり、慌ただしい日となった。

半分ほど終えたところで、夜になっていたのでお開きとなった。

そこでようやく父様とラドと落ち合う。四人で夕食をとると、明日も忙しいので早めに解散した。

城内の案内された部屋へ行くと、疲れてすぐ横になってしまう。

「……見抜く力、か」

言われてみれば、納得した。

ユエン殿下は、私が演技する姿に何の疑問も持っていなかった。

「……見抜く力がないなら、人を見る目もなさそう」

恋人のルルア・レーゾンとは一体どのような人なのか。

考えようとしたが、そこで睡魔に襲われた――

第六章

そこは夢の中。

夢だとわかるのは一度来たことがあるからだろう。あのときと同じ感覚だ。

「…………どうかなさいましたか、神様」

目の前で浮いている神様に尋ねる以外の選択肢が浮かばない。

「久しぶりだね、フィリシーナ。元気にしてたかい？」

「お陰様で……」

神様はなんというか、相変わらずだ。

「何か用があって呼び出したんですよね？」

「もちろん。最近わかったことがあるんだ」

「なるほど」

表情を見るに、深刻そうではない。

「実はあの後、気になって調べたんだ。フィリシーナの魂を交渉しにこの世界を留守にしたあの日、タイムリープがほかでも起きていないかってね」

「どうでしたか？」

「タイムリープはいなかった」

「タイムリープ、は？　ほかに何かあったんですか」

「うん。いわゆる本当の異世界転生だよ。しかもフィリシーナと同じ地球からだ。ただ、これは神様を通じて行われたものではないから、この世界には本来存在しないはずの魂なんだ」

「なるほど」

そういうパターンもあるのか。

「ちなみにその人は、この世界が乙女ゲームの世界ではないかと疑っていますか？」

「いや。そういったゲームをしたことがないようで、そういった考えには至ってないかな」

「そうなんですね」

自分とは少し状況が違うようだ。

「それで、どうやら君と関わりがあるみたいなんだ」

「関わり？」

「うん。ルルア・レーゾンって聞いたことがある？」

その名前が神様の口から出てくるなんて。

「彼女がそうなんだけど……」

「はい……間接的ではありますが、関わりがあります」

「だよね……どんな形でフィリシーナに影響を及ぼすかわからなくて、何も伝えられないのだけれど」

力になれなくて申し訳ないと、落ち込む神様。

「大丈夫ですよ。その情報だけでもかなりありがたいですから」

「そ、そうかな」

「はい。ありがとうございます」

「うん。フィリシーナ、気をつけてね」

神様に見送られながら目を閉じる。

ゆっくりと意識が遠のいていった——

◇◆◇◆

目を覚ましたら朝だった。どうやらまだ明け方らしく、窓の外は薄暗い。

「…………喉渇いた……」

水でも貰いに行こうと思い、ついでに着替えることにした。

王妃様が私のために用意してくださったドレスは薄い紫色で、とても上品なものだった。

「……こんなに高そうなもの、ありがたいな」

高いものを着るのは気が引けるが、ほかに着るものなどないので潔く諦める。

部屋から出ても当然ながら誰もいない。おそらくまだ寝ている時間なのだろう。

「……ちょっと寒いかな」

何か羽織るものを持ってくれば良かった。

だが、我慢することにして戻らずに進む。

「……調理場に行けばあるかな」

王城には何度も来ているので大抵の場所ならわかった。迷うことなく調理場へ向かう。この角を曲がって進めば着くはず。

そう思ったが、何やら人影が見えて声が聞こえたので、足を止めた。

話し声が聞こえる。

「……殿下、今戻られたのですか？」

「そうだよ。…………この時間に戻れば誰かに知られることはないだろう？」

「確かにそうですね」

――殿下。

この城でそう呼ばれるのは二人しかいない。そして、この声は何度も聞いた。

「ですが、前まではあちらの方がいらしていたのに、なぜ今は殿下が？」

「レーゾン家は遠くないが、ルルアがこっそり外出するのは難しい。それに、最近王城には人の出入りが激しい上に、日中は僕も忙しいからね。それなら僕が会いに行く方が楽だよ」

「愛の力でしょうか」

「良い響きだね」

姿は見えないが、声からしてこれはユエン殿下とその従者だろう。初めて声を聞く従者だが、どうにも気味が悪い。いつも殿下の傍にいる従者の方々は、駄目なことはちゃんと諫《いさ》めていたはずだ。でもこの従者はおもねってばかり――

そこまで考えて、一つの結論にたどり着いた。

この従者は、王子を妄信する信者だ。ユエン殿下が王位に就くことを強く望み、そのためならどんなことでもする……

もしかして、二年間も交際していたのに今まで明るみに出なかったのは、この従者の協力があったからか。

それにしても、私といるときと表情や雰囲気がまるで違う。

あの態度が彼の素なのだろう。

「殿下の幸せが我が望みです」

「……では部屋に戻ろう」

「はい」

従者は殿下に心酔しているようだった。

――いや、待って。殿下の部屋は私が今いる方向だ。このままだと鉢合わせる、と気づいたが時すでに遅し。ばったりと出会ってしまった。

話を聞くのに夢中でこの二人の動きを考えていなかった。

「……フィリシーナ」

それは、聞きなれた何の感情もない、ユエン殿下の声だった。

「…………」

一瞬どうしたらいいか戸惑ったが、まだ彼は殿下だ。

とりあえず無言でカーテシーをする。

「……こんな朝に、王城で何をしているんだ？」

喉が渇いたので水をもらいにと素直に言えば良いのだが、経緯を説明すると長くなりそうなのでやめた。その問いを無視し、頭を下げたままにする。

「…………フィリシーナ、顔をあげて良いよ。…………久しぶりだね」

顔をあげて良いよと優しく言うが、これは命令だ。

「…………お久しぶりにございます」

約一か月ぶりだろうか。そんなに長い間、会わなかったことはなかったが、王子にとって興味はないだろう。

「……？」

言葉を発しただけなのに殿下の顔が曇る。何かおかしなことを言ったかと考えたが、遅れて気づいた。

――――思わず素の自分で答えてしまった。

今までのフィリシーナといえば、殿下のことをとても慕っている……ように見える人間だった。今の答え方と態度はずいぶん素っ気なかった。演技していた対殿下用のフィリシーナは長らくやっていなかったし、突然でできなかったのだ。そうやって自分を慰める。

「…………」

殿下を慕うフィリシーナでないなら、もはや別人である。

「……フィリシーナ。もしかして、さっきの話を聞いていたのかい？」

「え……？」

なぜそれを気にするのだろうと思ったが、本人はまだ私は知らないと思っているのだ。

「……いえ、何も――」

「聞こえていたみたいだね」

しまった、否定するまでに間が空きすぎた。聞いていましたと言っているようなものだ。

「…………」

冷たい沈黙が訪れるなか、また新たな殿下の従者らしき者が姿を現した。

「殿下、取り急ぎお伝えしたいことが――」

「――それは本当か」

「はい。ですから……」

従者はちらりと私の方を見る。

一体何だというのか。おそらく初対面。そんなにじろじろと見られる覚えはない。

「計画を今、実行するべきかと」

「そうだね。どうやら今しかなさそうだ」

殿下が従者と話すなか、さっさと立ち去りたいがそういうわけにもいかない。

「では、一足先に準備を」

「頼んだよ」

話が終わったようなので、私も挨拶をして退場しよう。

「では殿下、これにて失礼いたします」

「待って。話を聞いていたのなら、行かせることはできないな。それに王城には何をしに来ていたんだい？」

足止めに加えて尋問ですか。というか、私を足止めしても意味がないのだけれど。

「私事にございます」

話す必要はないはずだ。

「……婚約解消の手続きと聞いたけれど」

「…………」

さっきの従者か。一体どこまで伝わっているのだろうか。

「……はい。手続きをしに、登城しました」

「……勝手に決めないでくれよ。話し合う余地がある、と思うけれど」

「……私はないと思います」

「……どうしたの？　いつものフィリシーナらしくない」

確かにいつものフィリシーナだったら、殿下から話しかけてもらえただけで喜ぶだろう。

だが、それは私が作り上げたフィリシーナだ。

「今殿下の後ろ楯になるのは、家名を傷つける行為です。そこまでして、殿下の婚約者でありたいとは思いません」

セドのことを知っているかわからないけど、こちらから情報を漏らすような真似はやめておいた方がいい、そう感じた。

「……そう」

「…………！」

一瞬にして、殿下の纏《まと》う雰囲気が変わる。これは一度だけ目にしたことがある姿だ。しかも、それは前世——ゲームでフィリシーナを断罪するときの軽蔑に近い目だ。

途端、恐怖に呑み込まれる。

「フィリシーナ、悪いけどそれは認められない」

「……私の気持ちは、これ以上揺るぎません」

怖い。怖いけれど、ここで折れるなんて絶対にしない。

「……そうか。なら、婚約解消なんてできない状況にしないとだね」

「え？」

殿下は不敵な笑みを浮かべた。

それと同時に、自身の腹部に痛みが走り、私の視界は暗転した。


目が覚めるとそこは知らない場所だった。

意識を失った間に連れて来られたようだった。

「……………」

目が覚めたときに周りには誰もいなかった。

部屋の扉は外から鍵がかけられており、開けることはできなかった。……どうやら監禁されたようだ。

「…………どうしよう」

ここにいるのは良くないのはわかっているのだが、逃げ道はない。

「……………窓」

幸い窓には鉄格子などなく普通に開け閉めできる。

窓から外を見れば、ここは四階か五階くらいの高さの場所に思えた。……飛び降りるのはかなり無理がある。でもここと扉しか外へ行ける道がない。

「ここから飛び降りる……なんてことはさすがのフィリシーナでもしないよね？」

「！」

夢中になってる間に、ユエン殿下が入って来たようだった。

「何の真似ですか」

「君と少し話がしたくてね？」

明らかにそんな雰囲気ではないというのに、圧で押されてしまう。

「良い子だからその窓は閉めて」

ここで飛び降りる勇気があれば良かったのだが、下には草などのクッションさえない。ただの石畳だ。さすがに大怪我を負う。私は諦めて窓を閉めた。

「……話とは」

「何だかずいぶんと冷静だね。フィリシーナじゃないみたいだ」

あのフィリシーナは演技ですので。だが、反応するのはやめよう。

「…………」

「……まぁ、いいや」

私の反応がないことがわかると、殿下は少しずつ話し始めた。

「……さっきの話を聞いていたんだよね。なら僕から話そうかな。君は知っておくべきだし。……彼女について」

正直どうでもいいが、時間が稼げるなら、利用しない道はない。

……婚約者本人に恋人の話をするなんて非常識だと思うが。

「ある日僕の従者の一人、ウロギス・レーゾンが、僕に自分の領地で療養してはと声をかけてくれたんだ」

ウロギス・レーゾン。その人なら知っている。確か、殿下に一番長く仕えている護衛だ。友人でもあったような気がする。真面目で勤勉な人だった。

「そこで、彼女――ルルアと出会った。ルルアは僕に対する態度がほかの令嬢とは違った。僕が王子だと知っても目の色が変わったりしない。それに話そうと思っても、ウロギスの後ろに隠れてしまうんだ。そんな彼女に興味が湧いた。そこから仲が深まるのに、時間はかからなかった。それから――」

……なぜ私はこの人の惚気《のろけ》を聞かなくてはならないんだろう。

それに聞いていて、おかしな点がたくさんある。私がルルアは転生者だと知っているからかもしれないが。

この世界において、王子が話しかけているのに蔑《ないがし》ろにするのは非常識だ。普通と違う反応と言っていたが、詳しく聞けば非常識なものばかりである。

「そしてルルアと約束したんだ。君を必ず妃にすると。……だが、ルルアには王妃は務まらない。長年、王妃教育を施されたフィリシーナとは雲泥の差だ。今から王妃教育をするという選択もあるが、ルルアに王妃の役目は荷が勝ちすぎる。……だから君を王妃とし、ルルアを側妃にすることで解決しようと思ったんだよ」

「………………」

恋はここまで人を変え、盲目にするのか。

王妃教育を受けていない人間を王妃にすることはまず不可能だ。それなのに妃にするなどと紛らわしい言い方をしたら、ルルアは勘違いするだろう。

その上、その尻拭いを私にさせるつもりなのだから恐ろしい。誰がそんなもの、引き受けるのか。

「…………お断りします」

それは自然と出てしまった。

殿下は一瞬驚いた表情をした。

「……殿下、あいにくですが、婚約解消の話は国王陛下と王妃様もご存じです。もうここまで話が進んでいるのです」

だから諦めてください、そう伝えたつもりだった。

すると、殿下はまたも不敵に微笑んだ。

「ねぇ、フィリシーナ。国王だろうと王妃だろうと……彼らがいくら認めたところで、それを帳消しにする方法があるって知ってる？」

「………え」

途端に冷や汗が流れる。

まさか、そこまで愚かだとは思わなかった。段々と血の気が引いていく。

「顔が青いね。もしかして、僕はそんなことはしないと思ってた？」

ゆっくりと近づき、頬に手が触れる。

こんな人に触られたってちっとも嬉しくない。

「……それが何を意味するのかわかっていて言っているのですか」

「もちろんだよ。……安心するといい、フィリシーナ。君は僕が責任をもって幸せにしてあげるよ？」

「管理する、の間違いでは？」

「ふふ。上手いこと言うね。案外、今の君となら楽しくやっていけそうだ」

「お断りします」

「残念だけど……フィリシーナ、君に拒否権はないんだ」

じりじりと詰め寄る殿下。

相変わらずあの冷たい雰囲気のままだ。

この雰囲気はすごく嫌だ。触れれば即座にバッドエンドという名の死を目の前に突きつけられそうで――。さっきは足が竦《すく》むのを我慢できたのに、今は無理そうだ。

「さて、さっさと済ませようか」

足が動かない……。逃げたいのに逃げられない。

思わずペンダントを握りしめ、セドに助けてと呼びかける。

その思いに応えてペンダントが光ったことに、気づく余裕などなかった。

第七章

婚約解消を不可能にする方法、それは既成事実を作ること。

サン国の貴族社会ではその多くの場合、責任を取るという形で強制的に結婚させるのである。

ゼロ国がどうかはわからないが、こんな人に汚されるわけにはいかない。

「フィリシーナ、大丈夫だよ？　優しくしてあげるから――」

そんなことは問題ではない。触られること自体、願い下げなのだ。

「…………っ」

圧倒的ピンチに陥ったとき、私の場合どうやら一周回って冷静になるらしい。

さっき殿下が入ってきたから、扉の鍵は開いたはず。それならそこから逃げられる。いや、待て。

確か入ってきたとき内側から鍵を使って締めていた気がする。

それでも逃げるにはあの扉しかない。……覚悟を決めないと。自分のことを今、守れるのは自分しかいないのだから。

「フィリシーナ、さぁこっちに――」

殿下との距離が縮まった、その瞬間。

「――っ!!」

私は殿下の急所を思い切り蹴り上げた。

「なっ!!」

崩れ落ちる殿下を後目《しりめ》に、すぐに扉へ向かう。しかし、腕を掴まれた。

「……フィリ……シーナ……悪い子だね……？」

どっちがだと心の中で突っ込んだ。

「……殿下、貴方の知る私は全て偽りです。騙していたことをお詫びします。貴方のことをお慕いしていると申し上げたのは嘘です。……私がお慕いする方は、別にいますので」

「……っ、そんな……こと、……関係……ない」

自分のことしか考えていない。そんな人間に国王になってほしくない。

「……私には貴方の言葉を聞く理由がもはやございません。……ですから、お離しください!!」

掴まれた腕に、思い切り力を入れて殿下の手を振り払う。

「……っ」

やはり予想通り鍵がかかっている。

「……ふっ……開くわけない……でしょ？」

殿下は顔を歪めて笑う。

「……よし」

開かないから、なんだ。意地でも開けてやる。絶対に帰るんだ、家族のもとへ。

――セドのもとへ!!

「はっ!!」

ドレスを破り、渾身《こんしん》の回し蹴りを扉にお見舞いした。

「え………」

殿下が唖然《あぜん》とする。

そして、扉は開いた。

蹴ったはずみで倒れそうになる。……それを優しく抱き寄せる腕があった。

「……フィナ」

「……セド」

「遅くなってすまない」

ほっとして一気に緊張がほぐれる。

セドは走ってきたのか、呼吸が荒かった。

「……フィナ、大丈夫か？」

「ありがとうございます……セド」

緊張が取れると一気に体が重くなる。瞼《まぶた》を開けていられない。

私はそこで意識を失った。


「……んっ」

重い瞼《まぶた》を開けると、そこは王城で自分に与えられた部屋だった。

「……お嬢様ッ!!」

「……キナ……？」

そこにはテリジア家で私に仕えていたキナがいた。

「お体は大丈夫ですか!?」

「体……えぇ。少し重いくらい」

「では駄目です、もう一度お休みください」

「え……もう平気よ？」

「いいえ。完全に回復するまで安静にさせよと旦那様から仰せつかっております」

「父様が……。わざわざ来てくれたのね、ありがとう」

「何を仰いますか。専属侍女ですから当然です」

気を失ってからどれくらい経ったのだろうか。

外を見ようにもカーテンが引いてあって大体の時間さえわからない。

「……」

「お嬢様？」

「ねぇ、キナ。父様達が何をしているのか知っている？」

ここに父様達がいないのが気になる。

「旦那様でしたら、ひどく険しい顔で、話し合うことがある、と」

「……ねぇキナ。キナは私がただ倒れたと聞いたの？」

「はい。お嬢様のことですから、無理をなさったのだと思っておりましたが……違うのですか？」

「……いえ、違わないわ」

キナは知らない。おそらく、ほんの一部の人しか私の倒れた原因を知らないのだろう。それなら、あの出来事からまだそんなに経っていないはずだ。

「ねぇ、キナ。私はどれくらい寝ていた？」

「どれくらい……一日は経ってないかと思います」

「そっか……」

一日か。それほど長く眠っていたわけではないようだ。

「……お嬢様？　大丈夫ですか？」

「……えぇ」

さきほどの出来事。

あれが揉み消されたり、簡単に終わることはないと思う。

何しろ、セドが現場に駆けつけているのだから。

これから一体どうなるのか、私はどうするべきか。考えようとしたとき。

「……今ノックが」

「見てきますね」

キナが扉へ向かった。

「どちら様で……」

私からは扉の向こう側にいる人物は見えないのだが、何となくわかる。

「…………セド」

「フィナ！　大丈夫か⁉」

キナは状況を察し、静かに部屋を出た。

「ええ、大丈夫です。……その、心配をかけてしまったようで」

「いや……本当に申し訳ない」

「……なぜセドが謝るのですか？」

「俺がもっと早く駆けつけていれば怖い思いをさせることはなかった。本当にすまない……」

「セド。私は扉を開けたときに貴方がいてくれて、本当に心から安心したんです。来てくれたことが嬉しかった」

セドが自分を責めるのはおかしい。

「私の軽率な行動が招いた結果です。セドが自分を責める必要などありません」

「フィナ……」

あのとき。

意識を飛ばされる前に、いくらでも逃げれるタイミングはあった。

そもそも、水なんて少し我慢すれば良かったのだ。私自身、いろいろと後悔することが多すぎる。

このことをしっかりとセドに伝えよう。

「セド――」

「フィナ、話がある」

二人の言葉が重なってしまう。

「……何ですか？」

セドの真剣な目を見て、先に聞かなければと思ってしまった。

「フィナが眠っている間に、様々なことが決まった」

「それは……？」

「ユエン王子の処遇に関してだ」

「……」

もう決まったのか。

「ユエン王子の処遇を、こちらに一任してもらって、テリジア公爵とラドと話を重ねた」

なるほど。話し合いとはこれか。

「自身の番《つがい》に手を出されたのだ。正直俺は、すぐにでも首を刎《は》ねてしまいたい……だが、相手は一国の王子だ。自国のようにはいかない。……だから、生涯拘束されるということで妥協した」

妥協したって……、未遂に対してその刑は重すぎるのでは。

セドの感情が荒れるのは良くわかるし、私を大切にしてくれるのもありがたい。だけど、そういうやり方は間違っている。

「あの、セド」

「どうした？」

「その結論はおかしいと思います」

「おかしい……？　やはり処罰が軽いと？」

「……違います。重すぎるとは思わないのですか？」

「重……すぎる？」

セドは心底わからないという様子だ。

「妥当だと思うのだが」

妥当、か。残念ながら私はそう感じない。

「……フィナ。フィナこそ、もう少し事態を重く受け止めるべきだ。監禁と暴行未遂は嫌がらせなどではなく、完全に法に反することだぞ」

「ですが、それは私がセドの正式な婚約者であればこそ成り立つ話です。今はまだ私は、ユエン殿下の婚約者なのです。なので、第三者の目から見れば、婚約者が同意を得ずに無理やりことをなそうとしたというだけなので」

「だから問題がないと？」

「全くないわけではありません。ですが、そんなに重い科《とが》とする必要を感じません」

「フィナ、それなら事実を少し変えれば良い」

「事実を変える……？」

事実を変えることなどできるわけない。セドは一体何を言っているのだろうか。

「フィナがユエン殿下に襲われる際、すでに婚約解消は成立し、俺と新たな婚約を結んでいたことにすればいい」

「え……？」

それはやってはいけない、いわゆる捏造《ねつぞう》だ。

「セド、本気で言っていますか？」

どうして、そこまでするの？

「あぁ。何なら国王の番《つがい》という立場を大いに使って――」

番《つがい》。

その一言で、ローゼ叔母様から贈られた言葉を思い出した――

◇◆◇◆

あれは自分に番《つがい》がいたことと、その相手が国王陛下だと伝えた日。

『シーナ、伝えておきたいことがあるわ』

『伝えておきたいこと？』

『えぇ。私が今まで経験して学んだことを、ぜひ活かしてほしいの』

『わかりました』

『……獣人の血を引く彼らの番《つがい》への愛は本当に激しいわ。シーナもすでに感じているかもしれないけど、それよりももっともっと重く激しくなる。……だから、いつか相手のことがわからなくなると思うの。愛しているが故に、時に簡単に誰かを傷つける』

『……？』

『……ちょっと難しいかしらね？　そうね、簡単に言うと、番《つがい》のことになると暴走するのよ。特に、私達がトラブルに巻き込まれたりすると』

『トラブル……』

『例えば傷つけられたり、命の危機にさらされたり……』

『え、叔母様は実際に……？』

『何度もあったけど、一つ上げるとしたら結婚生活かしらね？　ソムファ侯爵家に嫁《とつ》いだとき、お義母様からかなり嫁いびりをされたの。といってもお義母様は、口やかましいだけなのだけど、これがかなりきたのよね……。心配かけまいとあの人にはバレないようにしていたの。でもそういうことっていつかはバレるものでしょう？　ある日罵《ののし》られていた時、つい涙を流してしまったの。そして不運にもその現場を見られたのよね、あの人に』

『…………』

『あの人は見るや否や、何をしてる！　って、お義母様に怒鳴り散らしたの。その後ね……縁を切るって言い出すくらいならまだわかるんだけど、〝俺の番《つがい》を傷つける者には生きる価値はない。身内ならなおさら厳しく対処しなければ〟って言って、手にかけようとしたの』

『えっ！』

『もちろん止めたわ。でも何を言っても聞かないから、離婚するって言ったの。……何とか思いとどまらせて、今ではお義母様に命の恩人って言われているわ。……そんなふうに、彼らは暴走するのよ。おそらく、シーナの相手にもそうなるときが来るだろうから……そのときは、止めてあげてね？　何があってもよ。だって、それが愛される者の役目ですもの』

『……わかりました！』

◇　◆　◇　◆

あのときはこうなるなんて思わなかったけど、ローゼ叔母様の話を聞いていて、良かった。

愛される私達にしかできないこと。それは番《つがい》が暴走したときに、正しい道に戻してあげること。

私は、いつもセドに愛をもらってばかりだ。

きっとそれは叔母様も同じだったのだろう。だから、こんなときこそ返すのだ……もらった愛を。

「フィナ、少しだけ婚約の日付けが変わるが――」

「……」

何があっても、止める。

ローゼ叔母様の言葉を思い出し、私はセドに笑いかけた。

「私は今のセドと、婚約したくありません」

するとセドは固まってしまった。

「…………」

「今のセドとは結婚したくありません」

「フィ、フィナ……？　なぜ――」

「なぜ？　愚問ですね。冷静になれば理由はわかると思いますよ」

「理由……」

「少し考えてみてください。そしたら答え合わせをしましょう」

今のセドが冷静になるには、少し時間が必要だろう。

婚約したくない。

そんなわけがない。

私はこんなにセドのことを大切に想っているのだから。

だから私はローゼ叔母様の言葉を大事にして、番《つがい》という存在に向き合わなければならない。

しばらくして答えが出たのか、セドは自信なさげに呟いた。

「……俺に、魅力がないからだろうか」

「魅力はたくさんありますよ。でも……」

「でも？」

「今のセドはその魅力を台なしにしています」

「台なしに……？」

「私が考えるセドの魅力は……まず、国王たる威厳があり、しっかりしてるところ。誰にでも分け隔てなく接するところ。自分の周りの人を大切にするところ。傲慢にならず、賢明なところ。……

私をすごくすごく大切にしてくれるところ」

とにかく挙げられるだけ挙げてみる。

「フィナ……その……ありがとう……？」

今までこんなふうに褒めたことがなかったので、ぴんとこないみたいだ。

「セド、賢明な貴方ならわかるはずです。今しようとしてることはおかしいと」

「……妥当、だと思うが」

「本気でそう思っています？」

「……だが、そうしなければ、腹の虫がおさまらない……!!」

その声が、私の胸に突き刺さる。

同時に、彼にこんな思いをさせた自分が情けない。

「セド。それでも、王は正しくなくては。どうか激情に呑まれないで」

「フィナっ」

「私は平気です。……捏造《ねつぞう》など王のすることではありませんよ。ユエン殿下は許されないことをしました。その行いに見合う、正しい罰を与えるべきです」

「……フィナはそれで良いのか……？」

「もちろん。被害にあった当事者がこう言ってるのですよ？　なら、もうセドならわかるはずです」

どうか、伝わってほしい。止められますように。

「…………………あぁ。ユエン王子には行いに見合う罰を与えよう」

「ぜひ、そうしてください」

セドは力を抜き、俯いてそう言った。

どうやら、ようやく冷静になってくれたようだ。

「…………王ならば、常に正しくあらねばならない。……俺はそれに背いた…………王、失格だな」

「いいえ。失格ではありません。……道を誤る前に私が止めましたから」

私は嬉しくて胸を張った。

「フィナ……」

「セド達の番《つがい》への愛は計り知れぬと叔母様から聞きました。その通りだと思います。……だからセド。貴方が間違えたときは私が支えます」

「え……」

「幸せにしてくれるのでしょう？」

「フィナ……？　さっき俺と結婚するのは嫌だと」

「ええ。先程までのセドだったら嫌です。でも、今は私の好きなセドに戻ってくれたので。……セド……好きです」

「…………フィナっ！」

セドは私を引き寄せて強く抱き締めた。

セドの胸の中はとても暖かかった。

セドは抱き締める手を緩め、私の頬に当てる。

「…………フィナ」

セドは優しく私の唇に口づけた。

やっぱり、セドに触れられるとすごく暖かい。それに心が躍る。

――――セドの番《つがい》で良かった。


セドは国王と王妃様に会いに行くと立ち上がった。

それなら、私も父様とラドに説教をしに行かないと。

初めてのキスで心が浮かれていたが、するべきことが残っていたお陰で、落ち着いた。

セドにも良くないところがあったが、止めなくてはいけない人間が役割を果たさなかった。これは深刻な事態だ。

……父様とラドが私を大切にしてくれるのは嬉しい。でも、やり過ぎるのは駄目だ。

これは王となるラドにとって大切なことだ。

私はラドの姉だからちゃんと言ってあげなきゃ。

「ではセド、また後で」

父様とラドがいる部屋までセドに送ってもらった。

キナには部屋から出ることを伝えると、止められた。

でも、私が考えていたことを話すと、道を開けてくれた。

さすがキナ。

セドは国王の所へ向かった。

私は深呼吸をした後、扉を叩いた。

「入れ」

父様の仕事のときの声がした。

「失礼します」

扉を開けると、やはりラドもいた。

「姉様!!」

「シーナ！　大丈夫なのか!?」

「ええ。この通り、すっかり元気です」

「そうか……それなら良いのだが」

「ご心配をおかけしました」

「シーナが無事で何よりだ」

「姉様、セル義兄様《にいさま》は？」

「先程まで一緒だったわ」

「そっか」

ラドも父様もほっとしたようだった。

「…………さて」

「「？」」

「二人共、そこに座って。少し話をしましょう」

にっこり笑って二人に話しかける。

「シーナ？」

「………嫌な予感がする」

父様は不思議そうな顔、ラドは苦い顔をしている。

「早く」

「「はい」」

ラドの予感は的中だ。

だからといって逃げられないし逃がさないけれど。

「……ラド。あなたは次の国王になるというのに、セドの重すぎる処罰案を支持したわね？」

「え……」

「さて。これは良いこと？　それとも悪いこと？」

「でもそれは」

「でもじゃなくて。どっち？」

「……………悪いこと」

「わかっているのにどうして賛成したのかしら？」

「それくらい……しないと、と思ったから」

「ユエン王子の行ったことに対して重すぎるわよね？　私情を差し挟むなんて論外よ。もちろん、それはわかってるんでしょうね」

「…………すみませんでした」

「次はないわよ」

「はい」

ラドの次は、当然父様である。

「父様」

「うっ」

「止めなかった時点で父様も同罪よ？」

「……すまない」

「ラドは手を付けられない部分があるだろうけど、それでも止めて。……いつも側にいる父様の役目よ」

「……肝に銘じる」

ラドが何か言いたそうな目でこっちを見ていたけど、見なかったことにする。

「ラド、権力の使い方を間違えないように」

「はい……」

「二人共、しっかり反省して」

「はい」

身内が関わっていたから、こんなことになったのだろう。

「大切にしてくれるのはすごく嬉しい。でも、だからこそ人の道に外れることをしないで」

伝えたかったことを全て言えたので、本当に良かった。

少し家族の時間を過ごした後、元の部屋へ戻ることにした。

「俺が送るよ」

「ありがとう」

ラドに送ってもらった。

部屋に着き、ラドを見送るとキナに休むよう促された。

「お嬢様、体調はいかがですか？」

「大丈夫よ。……まぁ、すこぶる良いわけでもないけど」

「無理はなさらないでください」

「……そうね」

横になろうかと考えたが、まだ眠たくないと思い直し、キナに少し歩きたいと伝えた。

「旦那様からは安静にするよう、仰せつかっております」

「そうなのだけど……少し体を動かしたいわ。歩くだけで良いの」

「お茶では駄目ですか？」

「……気分ではないわね」

まだ病み上がり同然なので眠ることが正しいのだが、ここ最近舞踊をしていなかったせいか体がすごく固い。だからほぐすためにも散歩くらいしないと、ゼロ国へ戻ったときに舞踊ができなくなりそうだ。

「そうだ。今、セドが王と謁見しているから、迎えに行くためにそこまで歩くのは？」

「まぁ……それなら」

キナも一緒に行くことを条件に、応接室へ向かう。

「お嬢様、セルネスド陛下と結婚なさるなら……ゼロ国へ嫁《とつ》がれるのですよね」

「……そうね」

「ついていきます」

「え、駄目よ」

「なぜですか……！」

「ゼロ国はサン国とはずいぶん違うし…………それに」

「それに……？　何ですか、お嬢様」

「キナは今、大切な時期でしょう。いわゆる、婚期」

「確かにそうかもしれませんけど、お嬢様の方が大切です」

「キナ……私はキナにも幸せになってほしいの」

「お嬢様に仕えることが私の幸せです」

「そう言ってもらえるのは嬉しいけど……」

キナは二十歳。

子爵令嬢である彼女は今婚期まっただ中だ。ゼロ国になんて行ったら、結婚できなくなる。

「それに…………お嬢様と会えなくなってしまうではないですか」

「それは、私が頑張れば」

「頑張っても無理です……。お嬢様は王妃になられるのでしょう？　そうでなくとも、ゼロ国の方と結ばれる。……ローゼ様のようになってしまいます」

「……………………」

ローゼ叔母様は、侯爵様の執着が強すぎるからだと思うし、子供もいるからだと思う。

「わかったわ。でも、キナももう一度真剣に考えてね」

「はい！」

私は、セドと父様とラドの仲が順調に深まっているから、折にふれ帰ってこれそう。

「……お嬢様」

突然、キナが足を止めた。

「ん？」

「あの……あそこにいる方はお知り合いですか？　先程からずっと見ている気が」

「え？　どこ」

「え、近づいてきました……」

「え……？」

城内の分かれ道。

目的の部屋まではもう少しの所であった。

キナの指差す方向を見ると、知らない少女が歩いてくる。

そして、私の目の前まで来ると不機嫌そうな顔で話しかけてきた。

「……貴女がフィリシーナ？」

「え……はい」

「……このっ、最低女っ!!」

顔も知らぬ少女は突然、思い切り私の頬を引っ叩いた。

「お嬢様!!」

「…………」

「お嬢様……大丈夫ですか？」

「えぇ」

「……赤くなってていますよっ」

「大丈夫よ。たいしたことないわ」

「早く冷やさないと……」

目の前にいる少女が誰か私は知らない。

完全に初対面、のはずだ。

「……あの」

「貴女が！　貴女が殿下を誑《たぶら》かしたからっ!!」

「は……？」

誑《たぶら》かす……？　何の話だ。

「殿下はね……私と結婚するの！　殿下が愛してるのは私だけなの！」

「…………」

いきなり頬を叩いたかと思えばわけのわからぬことを言い出す。

礼儀も気品もない、おそらく常識もないのだろう。

だがこの少女、ドレスを着ているから、どこかの令嬢のはずだ。

「ちょっと！　聞いているのっ!!」

……何だろう。

この少女を見ているとイライラする。

「……はぁ」

「人の話を聞かないなんて、何て非常識な人！」

いや、どの口が言う。

この少女は世界が自分を中心に回っていると思っているのだろうな。

「殿下と結ばれるのは貴女じゃないわ！」

私は目を閉じた。

「…………いい加減にしていただけますか？」

「はあっ⁉」

「いきなり名を尋ねたかと思えば、突然頬を叩くなんて。挙げ句の果てに、よくわからぬ罵倒をしてきて……一体非常識なのはどちらなのでしょう」

「な、なによ！　人の揚げ足をとって楽しい⁉」

そういうことを言いたいんじゃない。いくら話しても会話になりそうにない。

「私と殿下は運命で結ばれているの！」

こんなに礼儀も品もない人って……

この世界の貴族としての常識が見事に欠けている。

これらのことから導き出される答えは一つ。

「……あの。貴女のお名前は？」

「そういえば、名乗るのを忘れていたわ」

初対面でそれを忘れるのはいかがなものか。

「…………」

「私はルルア・レーゾン。この国の未来の王妃の名よ。覚えときなさい！」

……やっぱりユエン殿下って人を見る目がないんだと思う。

それに、この子は勘違いをしている。でもまさかここまで強烈な人だとは思わなかった。

「ふんっ」

……あぁ、わかった、イライラする理由。

この子、母様に似てるんだわ。周りのことなど考えずにただわめき散らす。そうすれば思い通りになると信じて疑わない。

……とても厄介な相手だ。

「……未来の王妃、ですか」

「そうよ。私が殿下と結婚してこの国の王妃になるの。これは決定事項よ」

この世界で淑女としての教育を受けたら、こんなに礼儀のない自分勝手な人間にはならない。母様も、礼節はわきまえていた。おそらくこの子は、前世の影響が強く出ているのだろう。

「……て！　話がそれたじゃない。私は貴女に謝罪もろもろを要求しに来たのよ」

「……謝罪、ですか」

それは本来なら、私が貴女に要求するものだと思う。

「そうよ！　貴女が殿下を誘惑して私と殿下の仲を邪魔するから、私との婚約が上手くいかないのよ。私は早く婚約して、堂々と殿下の傍にいたいのに」

……私は仮にも婚約者という立場だったはずだ。

「殿下が嫌がっているのに気づいてなかったのかもしれないけど。……貴女はもう用済みなの。この国の第一王子である殿下には、優秀な婚約者が必要だったわ。でも運命の相手である私に出会った今、貴女の役目は終わったの。わかったらさっさと身を引いてくれる？　今ならお咎《とが》めなしにしないこともないわ」

「…………」

彼女の頭の中では王妃になる未来は確定なのだろうな。

だから、ここまで自信たっぷりに言いたいことを言っているのだ。

「あと謝罪ね。私達の仲をここまで邪魔してくれたんだから、誠心誠意の謝罪も要求するわ」

……あくまでも推測だけれど。

この子の中身は前世のままで、そこから何も変わってない。

この世界の知識とかマナーとか、学ぶことはいっぱいあるのに、前世の人格が邪魔して何も身につかなかったんだろう。

私と彼女の前世である日本には、この世界のように身分制度などない。

常識や礼儀を知らなくても生きていけないことはなかった。

彼女には、はっきり言わないと伝わらないだろう。

「……キナ、頬を冷やすものを持ってきてもらってもいい？　あと……誰か人を……できればラドか父様を」

「……！　かしこまりました」

小声でキナに伝える。

「……はぁ」

「何、やっとわかったかしら？」

「……言いたいことはそれだけですか？」

「どういう意味よ」

私が気を引くうちに、キナがこの場を離れる。

いなくなったのを確認して、私はルルアに向き直った。

「何も知らない、何もわかっていない貴女に、私がイチから教えるわ」

こういう人には現実を突き付けたほうが手っ取り早いわよね。

「夢を語るのは構いませんが、いい加減に現実を見ていただけないでしょうか？」

「はぁ？」

「貴女はこの先、どんなことがあっても、もうこの国の王妃にはなれません」

「何言ってるの？　私こそが殿下の隣に立つの。……まさか、まだ貴女、自分が殿下に捨てられないと思うの？」

「いいえ。その件でしたら、私達の婚約はすでに解消しました」

「なら」

「そもそも、ユエン殿下と婚約したら、この国の王妃になれるという考えは間違っていますよ」

「何言ってるの。第一王子であり、優秀なユエン殿下なら、確実にこの国の次期国王になるわ！」

「……それを考えて近づいたと？」

「当たり前じゃない！」

ほら、やっぱり殿下は人を見る目がない。

この子のどこがほかの令嬢とは違う、よ。まだ礼節と教養を備えた令嬢方の方が遥かに王妃にふさわしい。

「未来を約束された上にイケメンで高スペック！　これ以上ない優良物件で、私にふさわしい相手じゃない」

ここまでくるといっそ清々しい。

どうやったらこんな身勝手に考えられるのか、教えてほしいくらいだ。

「……ふさわしい、ね」

「そうよ！」

自分に相当自信があるようだ。別にそれ自体が悪いことではないが、彼女はそれが悪い方向に働いている。これではポジティブというより傲慢だ。

「殿下は、私のものになったの。そして私は王妃になるのよ」

ひどい言い様である。こういう相手には何を言っても通じない。

誰かが来るのを待つのも良いが、それではこの少女の言い分をずっと聞かなくてはならない。

「さ、謝罪なさい！」

それに、言われっぱなしなのは癪《しゃく》に障《さわ》る。

「ちょっと、聞いてるの！」

こうなったら、言われた分くらい言い返そう。

「……貴女は何を勘違いしているの？」

「はぁ？」

「どんなに頑張っても貴女のような方は王妃になれないわよ」

「そんなわけないでしょう！」

「そもそも、どうしてなれると思ったのかしら。礼節をわきまえず教養もない。王妃教育以前の問題。――――資格という言葉はご存知？」

「なっ……！　資格なんて貴女にだってないでしょう！」

「少なくとも貴女よりはあると思うわ」

一緒にしないでほしい。

「それに貴女――何も知らないのね。本当にユエン殿下に愛されているの？」

「当たり前でしょう！」

「貴女の妄言ではなくって？」

「そんなわけ……」

「私は殿下の婚約者でしたけど、殿下の口から貴女のことなど、一度たりとも聞いたことはないわ。…………やはり妄言？」

「なっ……なっ……」

自分中心の世界で自由に生きてきた少女は、畳み掛けることはできても逆は慣れていない。おまけにボキャブラリーが少ないからすぐに反論できなくなる。

「もしかして、殿下に何度かお会いしただけでその気になったの？　……勘違いも甚だしいわね――――」

そう言って、彼女の耳元で呟く。

「可哀想な人」

「――っ！」

再び私の頬に彼女の手がひらめく。

挑発されているとも知らずに、まんまと彼女は私の思い通りに動いた。

実は少し前から私の後ろの方から、足音が聞こえていた。

彼女は頭に血が上っていたから気が付かなかっただろう。

タイミングを考えて煽《あお》り、ビンタのところだけ見てもらおうと画策した。

ここで言われたことだけで彼女を告発しても、言葉だけならどうとでも言える。だから第三者に状況を見てもらう必要があったのだ。

「お嬢様っ……！」

タイミングは上手くいった。

心の中でガッツポーズしたのも束の間、私は一つ読み間違えたことに気づいた。

「……貴様、何をしている？」

それは、キナの連れてきた人がセドだったことだ。

私の計画としては、ラドか父様にこの場面を見てもらい、ルルアが言い逃れできない状況を作ろうとしたのだが、失敗した。

てっきり、セドはまだ国王陛下達と話していると思っていた。

ある意味、非常事態だ。

どうにかセドの怒りを静めなければと、頭をフル回転させる。

「……誰よ」

「先に聞いてるのは俺だ。貴様は今、何をした」

「何って……」

ルルアはおののいている。

セドは機嫌の悪さを隠そうともせず、ルルアを冷ややかに見る。さすがの彼女も戸惑っているようだ。

「セド……。私は大丈夫です」

ルルアが言葉に詰まっているので私がセドを宥《なだ》める。

「フィナ……こんなときまで、優しくなくて良いのだぞ？」

ふっと微笑み、私の頬に優しく触れた。

「……腫《は》れてはいないな」

安堵の溜息を漏らしながら、柔らかい目つきで見つめる。

「……それで」

一息つき、視線をルルアへ戻す。

「もう一度聞くが、貴様は何をしている」

温かな時間はほんの一瞬で、再び鋭く強い視線を向ける。

「あ……、あ……」

セドの威圧に、ただの侯爵令嬢が耐えられるはずもなく、震え出す。

セドが誰か知らなくても、怖いのだ。

言葉を発する余裕などない。

「………………」

挑発しておいて何だが、さすがに同情してきた。

「答えぬのか………………それとも、何かあるのか？」

このままでは、またセドが暴走しかねないので、私から頼むことにした。

「……セド、冷静になってください」

「………………」

「……セド、この件の当事者は私と彼女。だから、ここは私に任せてもらえませんか」

「……それは、俺は不必要だということか……？」

「違いますよ。……セドには、彼女が私の頬を叩いたことの証人になってほしいのです。……お願いしても……？」

ここぞとばかり最大限甘えてみた。

「——っ！」

効果は抜群だった。

セドは目を合わせるとすぐ逸らし、手で顔を覆った。

「……はぁ、……それは反則だろう」

ぼそっとセドが呟く。

「……セド？」

返事らしい返事がないので、精一杯セドを見つめる。

「だが、フィナ、――っ！」

おそらく説得するために手をどけたのだろう。

今回も効果抜群のよう。思った以上にセドは私に弱いみたい。

よし、と心の中でガッツポーズを取る。

「…………あぁ、わかった。フィナの言うとおりにする」

参ったと言うように、セドは約束してくれた。

「約束ですからね」

念を押して、私は視線を外した。

ルルアを見ると、魂が抜けたように立ち尽くしていた。

そんななか、何人かの衛兵が近づいて来た。

「ルルア・レーゾン様ですね？」

「……は、い」

かろうじて答えたように見えた。

「国王陛下がお呼びです。こちらへ」

そう告げて歩き出す衛兵に、ふらふらとついて行く。

先程までの威勢の良い彼女はもういなかった。

セドの威圧は下手をすると人を殺めてしまうのではないか。

ルルアはユエン殿下の件で呼び出されたのだろう。それならば私達も行かなければ。

「フィナ、俺達も行こう」

「えぇ」

キナに目くばせして、衛兵の後に付いていく。

国王陛下達の待つ部屋へ向かう最中、セドにユエン殿下のことを聞いた。

「国王と王妃に伝えたが、本人にはまだ伝えていない。ユエン王子の不祥事の相手を今日呼んでいるとのことだったから、その者が来てから話をしようとしていたんだ」

「なるほど」

「来るのが遅いと思っていたが、まさかフィナに絡んでいたとは」

「あぁ……私も驚きました」

というか、国王陛下に呼ばれたのに、寄り道する度胸はすごいと思う。

また玉座の間に足を踏み入れた。

扉の先では、国王陛下と王妃様、ソウナ殿下が真正面に座り、左側に父様とラド。そして、右側に少し緊張した面持ちのユエン殿下がいた。

私とセドも父様達と並んで座る。

ルルアは、この大人数に囲まれた中央にいる。

「え……？」

ルルアは状況を理解できておらず、とても動揺していた。

「貴様はルルア・レーゾンで、間違いないか」

「は、はい」

おそらく初めて国王と顔を合わせるのだろう。緊張が声から伝わる。

「今日ここに呼んだのは、ほかでもない。ユエンとの関係について聞くためだ」

「はい……」

「貴様とユエンは、どのような関係だ？　正直に答えよ」

シンプルだが、重要な質問。

二人で過ごした二年という事実は、彼女のなかでは揺るがないだろう。

「正直に言って、とても親密です」

何を考えてるのかはわからないが、彼女はドヤ顔だ。

「親密……」

国王陛下が事実を受け入れるようにゆっくりと目を閉じた。

ユエン殿下は、状況が自分にとって不利なことをわかっている様子。

ルルアの答えを聞いて、青くなったのは、自分の置かれた立場をようやく理解したからだろう。

あんな姿はゲームでも見たことがなかった。

「そうか……」

「はい。ですから国王陛下……無礼を承知でお願いがあります。……私をユエン殿下の新しい婚約者としてお認めください！」

黙っているべき場面で、意見をする強さはある意味尊敬する。

だが、内容が内容だ。やはりルルアは何もわかっていない。彼女は事態の深刻さを全く感じていないのだろうな。

「私と殿下は運命で結ばれているのです……！　本当ならともにあるべきなのです!!」

自分がユエン殿下の婚約者になるのは当たり前だと熱弁する。

「ですので陛下、どうかお認めを……っ」

ヒートアップしているからか、周りの冷たい視線には全く気が付かない。

「話はそれだけか」

「え？」

「少しは常識というものがあるかと思ったが、どうやら欠片《かけら》もないようだな」

「へ、陛下？　どういう……」

「どうやら貴様は自分が今置かれている立場がわからないらしい。発言を聞けば、まともとも思えぬ。そのような者が私に願いを請うなど、呆れてものも言えん。ましてや王子だった人間の婚約者になろうなど、おこがましいにも程がある。……恥を知れ」

「は……？」

サン国国王からの鋭く強い言葉の数々に、ルルアの頭はついていけないようだ。

「貴様にも、ユエンにも、相応の処分を下す」

サン国国王は、聡明でとても優しい方だ。

そんな人さえ、ルルアとは会話は不用と判断した。

もはや、彼女に逃げ道は残っていない。

「処分……」

静かに呟くルルア。

「しかと聞き、身をもって償え」

ユエン殿下は、静かに国王陛下の言葉を聞いていた。

「つぐ……なう……？」

ルルアの脳内はめちゃくちゃになってるに違いない。

そう思った矢先のことだった。

「ふざけんじゃないわよっ!!」

まさかの怒号が響いた。

「償う!? それはどう考えても私じゃなくてフィリシーナでしょう!!」

セドが一気に不機嫌になる。父様とラドもそうだ。

ユエン殿下は開いた口がふさがらない様子だ。

そんな彼を王妃様が悲しそうに見つめていた。

「貴様は何を言っているのだ。フィリシーナが裁かれることなど、天地がひっくり返ってもあり得ぬわ」

「あの女は私と殿下の仲を邪魔したのよ！」

「邪魔？　笑わせるな。二人は不仲なのだから、邪魔になどならんだろうが」

「それならどうして運命で結ばれた私達が結婚できないの！　どうして私が王妃になれないの!!」

遂に本音を言ってしまった。

静まり返る室内。

沈黙を壊したのは、ユエン殿下だった。

「……陛下と王妃の言う通りでした。僕には人を見抜く力がないようだ」

「………ユエン」

王妃様は寂しそうに、悲しそうに名前を呼んだ。

「……貴方はもっと早くそのことに気づくべきでした」

「…………はい」

「後悔したところで今を変えることはできません。ですが、それに気づいたのなら未来は変えられるはずです」

「……処分を受け入れます」

彼は、ようやく長く甘い夢から目覚めた。

もう手遅れであることに違いはないが、しばらくすれば立ち直るだろう。

「では、ユエン、お前の罪は強姦未遂だ。よって身分を剥奪し、四年間の拘禁に処する」

「…………はい」

ユエン殿下――ユエンはその罰を受け入れた。そして、中央へ歩み寄る。

「ルルア」

「ユ、ユエン殿下」

「君に謝らないといけない。最初から君を王妃にすることなど不可能だったんだ。それを変に濁したせいで、君は勘違いしたんだね。君を騙すつもりはなかった、だが結果的にこうなったことを、深く謝罪するよ」

「…………そんな」

ルルアはユエンの口から王妃になれないと聞かされてようやく悟り、現実を見ざるを得なくなった。

そのやり取りをしているときに、セドが先程のビンタの一件を王に伝えた。

「ルルア・レーゾン。そなたの罪は名誉棄損と暴行だ。よって修道院行きとする。ルルア・レーゾンとユエンの不祥事に関しては、王家とレーゾン家よりテリジア家へ慰謝料を払うよう申し付ける」

こうして二人にはそれぞれ処分が下された。

その後、婚約解消から新しい婚約まで書類のやり取りを全て終わらせ、私は正式にセド――セルネスド・ゼロ国王陛下の婚約者となったのであった。

エピローグ

怒涛の一日がようやく終わった。

私は疲れていたようで、テリジア家に着き自分の部屋で横になるとすぐさま眠ってしまった。

自室のベッドで目が覚めると、隣にはセドが座っていた。

「フィナ……疲れはとれたか？」

心配そうに労《いたわ》ってくれる。

「はい。……て、もしかしてセドは休んでいないのですか？」

「あぁ。愛しい婚約者の寝顔を見たことで、疲れなど吹き飛んだぞ？」

そういう問題ではない。

「ということは、一睡もしてないのですね？　ならこのベッドで寝てください。睡眠不足は健康に関わりますから」

「いや、俺なら大丈夫だ」

その言葉通り、顔色はいい。疲れなど少しも感じさせない。

でも、あれだけ長時間王城にいたのだ。少しは疲れているはず。

「……私のベッドが小さくて嫌だと言うならほかの部屋でもいいので、休んでください」

「そういうわけではないのだが……」

嫌味っぽく言ってみたが、効果はなさそうだ。

というか、困った顔をしているのは気のせいだろうか。

「……私ばかり休んだから気が引けます」

「何を言う。フィナが今回最も大変だっただろう？　当事者なのだから」

「でも……」

「それとも俺は疲れているように見えるか？」

……顔色はいいし、全くそう見えない。

かと言って、このままでは休まないし……

「えぇ。お疲れのように見えます」

「……そうか」

まるで、私のその答えを待っていたかのように妖しく微笑んだ。

「なら、充電が必要だな」

「え――――」

考える間も与えずに、セドは優しく口づけた。

その瞬間、私は何も考えられなくなった。

「………やっぱり愛らしい反応だ」

セドが何か言っているけど、よく聞こえなかった。

………なんだろう、この嬉しいんだか恥ずかしいんだか、わからないこの気持ちは。

以前とは違う。これはおそらく私がセドに惹かれたからなのだろう。

だからなのか、すごくドキドキする。

「……フィナ？」

そうとは知らずに、セドが少し面白がっている。

……セドとは年齢が違うのだから、こういうことに慣れているのは当然で仕方がない。

でも、自分だけドキドキしているのが悔しくて、セドに目で抗議する。

「おかげで充電できたぞ？」

セドはそれはそれは嬉しそうにその視線も可愛いなと言った。

私はさらに悔しくなった。


あれから数日。

私の疲れも取れ、家族とセドの交流も十分深まったこともあり、ゼロ国への帰国が決まった。準備が終わり、少しゆっくり過ごすはずがキナともめることとなった。

「やはり考え抜いた結果、お嬢様の専属侍女は私以外あり得ません。ですから、私もゼロ国へついて行きます」

「え……駄目よ。私はゼロ国へ嫁《とつ》ぐのよ。簡単には帰ってこれなくなる」

そう。話が進んだ結果、私はサン国の次期国王――ラドが即位してから、王の姉として嫁《とつ》ぐことになったのだ。何せ相手はゼロ国の国王だ。それに見合う身分を持つにこしたことはない。だが、ラドの即位はもう少し先になる。その間、私は婚約者としていろいろと準備を進めるつもりだ。セドは学びたいことを学んでいいと言ってくれた。そしてとりあえず一年間はサン国の留学生として過ごすことになった。

「ならばなおのことです」

「何言ってるの。付いてきたら結婚できなくなるかもしれないのよ？　それだけじゃない。私は他国に行ってすぐ慣れることができたけど、キナはわからないじゃない」

「覚悟の上です」

「……それでも認められないわ。キナにとってデメリットが大きすぎる」

キナが馴染めずに苦しむ姿は見たくない。

「お嬢様。それは違います」

「え？」

「私にとって最も価値のあることはお嬢様にお仕えすることです。そして、お嬢様とともにいることなのです。どうか私に、お嬢様の幸せを見届ける機会をいただけませんか」

その揺るぎない瞳を前に、拒否することはできなかった。

「……わかった。だけど一つだけ約束して」

「はい」

「ゼロ国の生活が合わなかったら我慢せずにサン国へ戻ること。いい？」

「………わかりました」

一気にキナの表情が明るくなる。

「そうと決まれば、支度をして参ります！」

「ええ」

「失礼します」

嬉しそうなキナを見ると、これで良かったんだと思う。

「結局折れたのは、姉様か」

「ラド」

どうやら言い合う様子を見ていたようだった。

「父様は？」

「セル義兄様《にいさま》とお話し中。だから姉様は俺とお茶でもしようよ」

「なんて珍しい……」

「今度こそ当分顔を見られなくなるって思ってさ」

「……嬉しい」

「ならよかった」

いつものテラスへ移動する。

「……ラドが国王か」

「それを言うなら姉様も。あのゼロ国の王妃だよ」

「確かにそうだけれども」

「お互い出世するね」

「なんだかごめんね」

「まだ謝るの？　何度も言ってるけど、これは俺の意思だから。それとも何、俺にはつとまらないとか思ってる？」

「うーん……少しだけ？」

「そこは嘘でも否定するんだよ。……全く、姉様の中でいつまで俺は子供な訳」

「ラドはどんなに成長しても、可愛い弟よ」

「……嬉しいのに複雑な気分」

「そこは素直に喜ぶところよ」

「はいはい」

目の前にいる、いつもと変わらないラドナード。

そんな彼が、国王になるなんて想像できない。

「……ま、楽しみにしててよ。良い王様になってみせるからさ」

「そうねこれからもっとラドは成長するのよね」

「当然」

「……心残りがあるとしたら、その過程を見られないことかな」

「……姉様からは見えないけど俺にも努力をさせて」

「それもそうね」

いつも傍にいるのが当たり前で、留学してもまた会えると信じていたからそれほど寂しくなかった。でも今は、会えるかわからないからすごく寂しい。

「そんな顔しないでよ。手紙ならちゃんと返事を書いてあげるから」

「返事だけなの？」

「わかった、俺からも書く」

「待ってるわ」

涙をぐっとこらえて、ラドを見つめる。

大人びた微笑みを浮かべる姿に成長を感じ、それが酷く切なかった。

「……今日は俺からしてあげるよ」

そう言うと、優しく抱き寄せた。

今初めて思ったけれど、ラドは身体的にもしっかり成長していた。

「無理しすぎないでね」

「ラドこそ体に気をつけるのよ」

「うん」

「……大変なことが多いと思う。それでもラドなら乗り越えられるわ。――頑張るのよ」

「任せて」

別れのひとときは、胸が強く締め付けられる時間だった。

「さ、俺ばっかりかまってないで父様のところにも行ってあげて」

「もちろんよ」

ラドと離れると、書斎へ向かった。

セドとの話は終わったようで、父様は一人椅子に座っていた。

「……父様」

「シーナ。どうしたんだい」

「用がなくては来てはいけませんか？」

「まさか。それならそこに座りなさい」

挨拶をしにきたことを察して、自分の向かい側にある椅子を指さした。

「……いろいろとご迷惑をおかけいたしました」

「迷惑だなんて思ってないさ。娘の新たな旅立ちのために父として当然のことをしただけだよ」

「本当に……ありがとうございます」

ずっと私の意思を尊重し続けてくれた父様。

今こそ、本音を聞かせてほしい。

「父様は……本当はどう思っていらっしゃるのですか」

「何をだい？」

「私達のことです。いつも尊重してくださるのは本当にありがたいのですが、本音は違うのではないかと。例えばラドの即位とか」

「ラドの即位か。……正直言うとね、すごく嬉しいんだ」

「嬉しい？」

「うん。何にも興味を持たなかったあの子が、ようやく本気になった。動機は変わっているけど、あの子ならやり遂げるだろう。やっと好きなことを見つけた……そんな気がするんだ」

父様は父様にしかわからない視点でラドの成長を見てきたのだろう。語る姿は本当に嬉しそうだった。

「そうなんですね」

「シーナもだよ」

「え？」

「シーナが留学したいと言ったとき本当に嬉しかったんだ。ほかの誰でもない、シーナ自身の意思で何かを決めたことが僕はすごく嬉しかった」

確かに、それまで自分の意思で行動したことはなかった気がする。

「番《つがい》の件は驚いたけど、シーナが幸せそうに笑う姿を見てすごく安心したんだ。やっとシーナが幸せになれるって」

まるで自分のことのように考えてくれる……この人が父親で良かった。

「……シーナ。僕も聞いてもいいかい？」

「はい」

「今、幸せかな？」

「……とっても。そして、これからまだまだ幸せになります」

「…………その答えが聞けて、満足だよ」

たくさん苦労をかけたと思う。

それでも決して見放さず、私とラドのことを第一に考え続けてくれた。

そんな父にいつか感謝を捧げようと強く誓った。

「シーナ……無理せずに周りを頼って、自分らしく進みなさい。今のシーナにならそれができる」

「…………はい」

ゆったりと笑う父を見ることができた。

私はそれだけで満足だった。


出発の日。

見送りのこの光景は、あの日と同じ。違うのは、キナがこちらにいることだろうか。

「それではシーナ……気をつけて」

「はい」

家族と使用人達に見送られ、私達は港へ向かった。

馬車の御者はキナが務めた。

「……寂しくなるな」

「……はい。でも大丈夫です。セドがいますから」

「嬉しいことを言ってくれる」

寂しいのは紛れもない事実だが、それを乗り越えて前に進みたい。

これからゼロ国にセドの婚約者として向かうのだ。セドは負担に感じる必要はないと言っていたがそれはできそうにない。今は意識せずともいずれ感じるようになるだろう。そのときのために、セドの隣に立っても恥ずかしくない女性を目指そうと思う。将来責任ある身分になるのだから努力は必要だろう。たくさんの人が私の力になってくれた。今度はそれを返せるように。

「フィナ、俺の手を取ってくれて本当にありがとう」

「私こそ、セドに出会えて良かったです」

「俺もだ。……これから先何があっても必ず君を守る。だから、信じて付いてきてくれ」

「もちろんです。セドを支えるのが私の役目ですから」

「あぁ」

愛する人の隣で笑い続ける幸せのために、私はせいいっぱい自分にできることをしよう。

セドと見つめ合い、私達は互いに支えようと約束した。

走り続ける馬車の中で、私の決意は揺るぎないものへ変わっていくのであった。

この作品に対する皆様のご意見・ご感想をお待ちしております。

おハガキ・お手紙は以下の宛先にお送りください。

【宛先】

〒150-6008 東京都渋谷区恵比寿 4-20-3 恵比寿ｶﾞｰﾃﾞﾝﾌﾟﾚｲｽﾀﾜｰ 8F
（株）アルファポリス　書籍感想係

メールフォームでのご意見・ご感想は右のＱＲコードから、
あるいは以下のワードで検索をかけてください。

アルファポリス　書籍の感想　検索

ご感想はこちらから

本書は、「アルファポリス」（https://www.alphapolis.co.jp/）に掲載されていたものを、
改稿、加筆のうえ、書籍化したものです。

フラグを折《お》ったら溺愛《できあい》されました

咲宮（さきみや）

2021年 6月 5日初版発行

編集－桐田千帆・篠木歩
編集長－塙綾子
発行者－梶本雄介
発行所－株式会社アルファポリス
〒150-6008 東京都渋谷区恵比寿4-20-3 恵比寿ｶﾞｰﾃﾞﾝﾌﾟﾚｲｽﾀﾜｰ8F
TEL 03-6277-1601（営業） 03-6277-1602（編集）
URL https://www.alphapolis.co.jp/
発売元－株式会社星雲社（共同出版社・流通責任出版社）
〒112-0005 東京都文京区水道1-3-30
TEL 03-3868-3275
装丁・本文イラスト－乃希
装丁デザイン－AFTERGLOW
（レーベルフォーマットデザイン—ansyyqdesign）
印刷－中央精版印刷株式会社

価格はカバーに表示されてあります。

落丁乱丁の場合はアルファポリスまでご連絡ください。

送料は小社負担でお取り替えします。


ISBN978-4-434-28903-3 C0093